AF451251

La casa donde vivía Sofía

Sofía Almaguer

EDIQUID

LA CASA DONDE VIVÍA SOFÍA
© Sofía Almaguer

Editado por: Corporación Ígneo, S.A.C.
para su sello editorial Ediquid
Av. Arequipa 185 1380, Urb. Santa Beatriz. Lima, Perú
Primera edición, noviembre, 2022

ISBN: 978-612-5078-52-0
Tiraje: 50 ejemplares

Hecho el Depósito Legal en la Biblioteca Nacional del Perú N° 2022-10887
Se terminó de imprimir en noviembre de 2022 en:
ALEPH IMPRESIONES SRL
Jr. Risso Nro. 580 Lince, Lima

www.grupoigneo.com
Correo electrónico: contacto@grupoigneo.com
Facebook: Grupo Ígneo | Twitter: @editorialigneo | Instagram: @grupoigneo

Diseño de portada: María de Jesús Gachuzo Estrella (Behance: Chuy Gachuzo)
Corrección: Marcelo Jaime
Diagramación: Gerardo Hernández B.

Colección: Nuevas voces

Contenido

Capítulo I:
La infancia, para algunos, no existe

Era el año de 1959, cerrada de Rivero, Ciudad de México.

Estela, madre de cuatro pequeños (Sofía, de 9 años ya cumplidos; Lourdes, de siete; Rocío, de cinco; y Antonio, de nueve meses) había quedado viuda. Vivía con sus hijos y su padre, José Domingo, hombre enérgico y disciplinado que, en su juventud, había formado parte del ejército villista. Ahora, retirado y un poco cansado, debía seguir trabajando a sus 65 años como encargado de un grupo de limpieza en oficinas del gobierno rotando horarios. De esta manera, ayudaba a Estela con su aporte.

Ella trabajaba como secretaria en las oficinas de servicios férreos. Salía de casa muy temprano, a las 6:00 a. m. Antes de salir, dejaba listo el desayuno conforme lo permitía la escasez de dinero: un café, una torta de huevo y veinte centavos para cada una de sus hijas. A veces, solo el café y una lista de encargos para que Sofía y sus hermanas pasaran a comprar al mercado al salir de la escuela, pues era el complemento para la comida de ese día.

Sofía, la mayor, recibía la llamada diaria de su madre, quien le daba instrucciones de cómo preparar la comida de ese día, entre otras tareas que debía hacer desde temprano y antes de irse a la escuela; por ejemplo, debía dejar a su hermano Antonio ya desayunado, con la ropa y el pañal limpios, bien tapado y, si fuera posible, dormido dentro de aquel corral lleno de cobijas y de algunos juguetes para su entretención.

Una mañana de martes del mes de enero, dieron las 5:40 a. m. Estela había preparado, como de costumbre, las tortas y el café. En esta ocasión no había alcanzado para dejar los veinte centavos a cada una de sus hijas. Llamó a Sofía:

—¡Sofía! Ya es hora de irme a trabajar. ¡Vamos! ¡Levántate ya! Recuerda dejar cambiado y desayunado a Antonio. Y no te olvides de despertar a tus hermanas y de ayudarlas a que se vistan y se peinen bien. ¡Anda!

—Sí, mamá, ya voy —contestó Sofía, adormilada.

—Recuerda llevarte la lista y el dinero para lo que debes comprar al salir de la escuela.

—Sí, mamá. ¡Voy!

Estela subió corriendo para despedirse de sus hijos, pues hasta ese momento había estado hablando desde la cocina. Al llegar a la habitación, se dirigió a Sofía:

—¡Hija! —le dijo dándole la bendición—. Debo irme. Ten un día hermoso, te quiero.

—Sí, mamá, yo igual.

—Bueno, me voy a despedir de tus hermanos.

—Sí, pero cuidado con despertarlos, ¿eh? —comentó Sofía en tono de broma.

—Esta semana tu abuelo irá a trabajar como a las siete de la mañana, media hora antes de que ustedes salgan para la escuela —dijo Estela luego de levantarse de la cama de Sofía. Después salió corriendo como de costumbre.

Caminando rumbo a su trabajo, iba meditando sobre su situación. Se preocupaba demasiado por sus hijos, sobre todo por su pequeño Antonio, a quien aún no podía confiar en la guardería del mercado, que era la más cercana. Día con día vivía con angustia por ellos.

Mientras tanto, Sofía trataba de despertar a sus hermanas:

—Vamos, Lourdes, levántate. Son casi las siete. Rocío, anda, ya es hora…

Como todas las mañanas, las ayudó a vestirse, a peinarse y a asearse. Luego corrió hacia la cuna de Antonio y vio que dormía. Debía cambiarle el pañal y la ropa, pero por falta de tiempo solo le cambió el pañal. Adormilado, lo envolvió en cobijas como pudo, bajó junto con sus hermanas, se dirigió hacia el corral, que se encontraba en la sala, y lo recostó en el sillón. Mientras ellas lo cuidaban, preparó un biberón con leche. Luego lo arrulló y logró que volviera a conciliar el sueño.

Al abuelo Domingo le costaba levantarse. Esa mañana, apenas tomó un sorbo de café. Antes de salir hacia el trabajo, fue a la sala donde estaban sus nietos para darles un beso y la bendición del día.

—Hijita —le dijo a Sofía—, cuida a tus hermanitos. Espero verlos por la tarde.

—Sí, abuelo, ve con cuidado —dijo Sofía.

Sofía, Lourdes y Rocío esperaron unos minutos y, al ver que el pequeño Antonio ya estaba muy dormido, salieron rumbo a la escuela a las 7:00 a m.

A la hora de la salida, Sofía y Lourdes se encontraban en un pasillo de la escuela y luego iban al salón de Rocío. Después las tres corrían hacia el mercado para comprar los encargos lo más rápido posible y llegar pronto a casa para ver a Antonio. El pequeño se quedaba solo desde temprano, pues el abuelo Domingo llegaba un poco más tarde que ellas. De lunes a viernes, esta era la rutina para la familia, una que les generaba angustia, impotencia y desesperación.

Los sábados, Estela trabajaba solo medio día, y el abuelo cuidaba de sus nietos. Como Sofía era la mayor, hacía los mandados y, junto con su abuelo, preparaba el desayuno y la comida. Esto le agradaba mucho porque podía desayunar sin preocuparse por el pequeño Antonio. Además, los fines de semana las tres podían jugar con él. Aunque Sofía tenía tan solo 9 años, la vida le había adjudicado responsabilidades propias de un adulto. A pesar de todo, lo hacía muy bien, pues había madurado muy pronto y era consciente de que debía ayudar a su madre.

Los domingos eran el único día de descanso para Estela, pero tenía que hacer la limpieza de la casa y lavar la ropa. ¡Vaya descanso! Sin embargo, todos le ayudaban, pues era una mamá rígida, disciplinada y con reglas firmes. Además, tenía que preparar la comida. En ocasiones, le compraba chichicuilotes a un vendedor que pasaba gritando: «¡Chichicuilotiiitooooos tiernos y frescos. Lleve sus chichicuilotitos!». Los preparaba como una comida especial para el domingo, ya que podía estar con sus hijos y su padre. Amaba a sus hijos y se preocupaba por ellos, sobre todo por Antonio, que aún era bebé. Lo disfrutaba mucho cuando podía cuidarlo, atenderlo, jugar con él y observar sus sonrisas.

Estela estaba educando a sus hijos para que fueran autosuficientes y responsables. A cada una de sus hijas le había repartido sus tareas en la casa: Sofía barría y trapeaba la planta baja; Lourdes, la planta alta; además, debían lavar los platos y los vasos que usaban; la pequeña Rocío le ayudaba a su abuelo a sacudir los muebles.

El abuelo Domingo limpiaba todos los días la jaula de un hermoso gorrión pecho amarillo. Los fines de semana cambiaba el agua de una pileta grande, donde solía tener unos peces hermosos. Además, aseaba su habitación y no permitía que nadie entrara en ella. La cerraba con llave porque temía que sus nietos descubrieran unos deliciosos dulces que escondía en el ropero. Cuando compartía esos dulces con su hija y con sus nietos, era una fiesta para todos. En tanto, Antonio permanecía observando a los demás en la andadera o en el corral. A veces un tiempecito lo cargaba Estela, otro tantito el abuelo y otro poco Sofía. Las pequeñas Lourdes y Rocío solo jugaban con él cuando estaba en la andadera. Le hacían gestos moviendo la sonaja o el osito que abrazaba para dormir. La rutina era muy pesada, por eso disfrutaban mucho los pocos momentos en que podían convivir, sonreír o jugar.

La casa era antigua, amplia, de dos plantas, así que requería que todos ayudaran a limpiarla, pues de lo contrario todo el día se iba en el aseo. Por la entrada principal estaba la sala, después el comedor y a un lado la cocina. Luego venía un corredor en donde estaba el baño y, hasta al fondo, la habitación del abuelo José Domingo. Antes de esa habitación, había un pequeño patio en forma de cuadro, donde se encontraban el lavadero, una amplia y profunda pileta, y una puerta que permitía la entrada a la cocina. Al frente de este patio, unas escaleras de cemento con forma de curva conducían a las habitaciones de arriba mediante un corredor. De vez en cuando, Sofía, Lourdes y Rocío se divertían usando la pared de estas escaleras como resbaladilla, pero Estela no les permitía que jugaran de esa manera, ya que podrían accidentarse.

En la parte de arriba había dos habitaciones. Una la compartían Estela y el pequeño Antonio. En la otra, que era un poco más amplia, dormían Sofía, Lourdes y Rocío. Esta habitación solo tenía dos camas viejas que habían sido de la abuela. En una de ellas dormía Sofía. En la otra, sus dos hermanas. Del lado izquierdo, había un gran ropero de madera en el que Estela guardaba su ropa y la de sus hijos, además de maletas, fotografías, recuerdos y otros objetos.

Además de las habitaciones, en la planta alta había dos ventanas y una puerta que daban a la azotea. Una de las ventanas estaba en el corredor. La otra ventana y la puerta, en la habitación de Estela. Esta puerta siempre estaba cerrada, ya que podía ser peligroso que las niñas la abrieran y anduvieran en la azotea. La casa era amplia, pero lucía antigua y con poca luz.

En días de descanso escolar, el abuelo Domingo y Estela no permitían que las niñas salieran a jugar o que se metieran en casas ajenas, pues el barrio de Tepito era muy peligroso. Además, su madre les dejaba quehaceres, pues no le gustaba que sus hijas estuvieran sin hacer nada. Sin embargo, debido a que Lourdes había tenido un accidente en uno de sus ojos, lo cual requería un tratamiento especial, y a que Rocío era aún muy pequeña, las exigencias siempre recaían en Sofía. Cuando se sentaba un instante en las escaleras a jugar un poco con una muñequita de trapo que le había regalado su abuelo, Estela cogía un trapo, se lo aventaba, le daba un jalón de cabellos y le decía:

—Ándale, ¿qué haces ahí sentadota en la escalera como si nada? Ponte a limpiar la puerta de la cocina.

Sofía muchas veces se preguntaba si su madre la quería, pero solo obedecía y se tragaba todas sus dudas y sentimientos. En época de vacaciones, cuando su madre y el abuelo se iban a trabajar, ella se quedaba a cargo de sus hermanos. Cuando terminaban sus quehaceres, la diversión era asomarse por aquella gran ventana con protección que daba a la calle y ver cómo los niños de la cerrada jugaban a la pelota, a las canicas, a la reata, entre otros juegos. Solían platicar con ellos a través de esa ventana, pero tenían miedo de que llegara el abuelo porque no les permitía que hablaran con ellos. El abuelo tenía una personalidad muy firme, sabía aplicar a la perfección su perfil de soldado. En fin, Sofía no tenía tiempo de disfrutar su infancia. Los únicos ratos en que trataba de hacerlo eran interrumpidos por las obligaciones que debía cumplir.

La vida también era difícil para una madre y un abuelo que tenían que trabajar. La casa era del abuelo Domingo, así que Estela sentía el compromiso de tenerla limpia y de apoyarlo con los alimentos.

Los pocos momentos en que Sofía disfrutaba eran cuando jugaba con su muñequita de trapo en las escaleras, cuando miraba jugar a los demás niños a través de la ventana y cuando iban de vez en cuando a visitar a sus primos, los hijos del tío Jorge, hermano de Estela. También le gustaba cuando ella y Lourdes podían ir a mirar televisión a la casa de la vecina, servicio por el que debían pagar una renta de veinte centavos la hora.

Pese a todo esto, Sofía era una niña muy fuerte, muy noble. A pesar de la rigidez y la firmeza de carácter de su madre y de su abuelo, ella los quería mucho y amaba a sus hermanos, así que asumía todas las responsabilidades que le marcaban y las hacía con gusto. Los momentos en que podía disfrutar, lo hacía al máximo. Por ejemplo, cuando llegaba a ahorrar veinte centavos de lo que le dejaba su mamá una o dos veces a la semana, a la salida de la escuela se compraba una caja de pasitas o unas tostadas con crema, queso y salsa. Las compraba con mucho antojo y las compartía con sus hermanas. Le costaba trabajo ahorrar para darse ese gusto, pero era como premiarse a sí misma.

Los fines de semana, las tres hermanas esperaban emocionadas al señor con el osito bailarín que pasaba en la cerrada los sábados o los domingos. Cuando lo escuchaban, les pedían permiso a su madre y al abuelo, y salían a la puerta para verlos pasar. El señor era muy alegre, y el oso, un animalito noble y muy bien entrenado, era la atracción de los niños. ¡Provocaba mucha emoción en ellos!

Capítulo II:
El pasado deja huellas en el presente

Por el año 1940, el abuelo Domingo había comprado la casa a las madrinas de su esposa, quienes habían vivido toda su vida y habían muerto en esa propiedad. No se sabía quiénes la habían habitado con anterioridad.

Antes, la costumbre era velar a los familiares fallecidos en las casas y después sepultarlos. Cuando falleció la segunda madrina de la abuela Sofía —también así se llamaba la madre de Estela—, a ella le tocó velarla toda la noche. Mientras estaba sentada al lado del féretro, el cuerpo de su madrina se levantó como queriendo sentarse y desahogó un impresionante eructo. Luego volvió a caer dentro de la caja fúnebre. La abuela Sofía quedó blanca del rostro y cayó desmayada en el piso no se sabe por cuánto tiempo. Cuando despertó, vio que había llegado el abuelo Domingo y que había tres personas más. Una de ellas era una niña. Le preguntó a su esposo quiénes eran esas personas que la estaban señalando, pero él le dijo que no había nadie más en la habitación. ¿Era una visión producto del susto que había sufrido? ¿Acaso esas personas querían comunicarle algo?

Al poco tiempo, después de este suceso, la abuela Sofía se enfermó. Una noche, el abuelo Domingo regresó del trabajo y se le hizo extraño no verla levantada, así que fue a saludarla a la cama. Al acercarse a ella, sintió su rostro frío, al igual que sus manos y su cuerpo... La abuela Sofía había muerto. Fue algo muy triste para Domingo. Sentía que su vida se iba con la de ella. Fue un duelo muy difícil de superar.

Algunos años antes de la muerte de la abuela Sofía, el abuelo Domingo ya había comprado la casa. Estela todavía no se había casado. Un tiempo después, conoció a José Antonio, su futuro esposo, quien le ofreció una vida de sueños y promesas. Ambos estaban muy enamorados. Más adelante, José les pidió a sus padres que fueran a pedir la mano de Estela porque quería casarse con ella, pero ellos le dijeron que aún no tenían dónde vivir. Entonces, José les pidió permiso para vivir un par de meses en casa de ellos y les prometió a todos que pronto iba a comprar una casa. Ellos creyeron en su palabra, pero todo quedó en una promesa que jamás cumplió. Estela, que ya tenía a Sofía y a Lourdes, aguantó algunos años viviendo con su suegra. Por ese tiempo, recibió una triste noticia: su madre había fallecido. Fue un fuerte golpe en su corazón, algo que no esperaba. Tardó mucho tiempo en recuperarse porque amaba a su madre.

Cuatro años después, José le dijo a Estela que su economía no andaba bien y que, para ofrecerle algo mejor, había pensado en ir a trabajar a Estados Unidos. Le prometió que le iba a mandar mucho dinero, tanto que podrían ahorrar para comprarse la casa. A Estela no le pareció mala idea. Estaba dispuesta a esperarlo en México, aunque tuviera que aguantar los malos tratos su suegra. Cuando él se fue, ella ya estaba embarazada de Antonio.

Albergaba un futuro lleno de ilusiones y esperanzas, así que aguantó todo por amor. Como si fuera un protocolo, la mamá de José la trataba todo el tiempo como intrusa, como arrimada. Pero no solo debió soportar ese maltrato, sino también una horrible mentira oculta. A los tres meses de la partida de su esposo, recibió una noticia que cambiaría su vida y la hundiría en la amargura: José había muerto en un accidente automovilístico pocas semanas después de haber llegado a los Estados Unidos. Como el traslado del cuerpo resultaba muy costoso, los padres decidieron que fuera sepultado allá, así que viajaron a aquel país junto con los hermanos de José, y no les importó que Estela no pudiera ir. Después de un mes del fallecimiento, su suegra le reveló la verdad: José ya tenía una esposa y una hija. Ambas vivían, precisamente, en los Estados Unidos. Estela se sintió humillada y burlada. Una promesa no cumplida, la muerte de su amado y la mentira que ocultaba una verdad desgarradora le generaron decepción, odio, desilusión. La sombra de la amargura y la desolación cayó sobre ella.

Huyó cuanto antes de esta cruel realidad. Cerró a piedra y lodo esta horrible experiencia y jamás quiso que nadie supiera qué había pasado con el papá de sus hijos. Solo Dios sabía lo que sentía. Esa amarga historia y la reciente pérdida de su madre la tenían con el corazón destruido.

Con todo este pasado a cuestas, el carácter de Estela se endureció. Su hija Sofía parecía comprender la razón de su amargura, pues no le reprochaba nada. Sabía que su madre requería de su ayuda. La amaba mucho porque, detrás de ese corazón tan duro, había nobleza, ternura y amor.

Tanto Estela como el abuelo Domingo tenían el corazón lleno de dolor por la reciente muerte de la abuela Sofía. Ambos tenían el alma lastimada, pero, ni hablar, la vida no siempre nos muestra la mejor cara. No hubo alternativa más que afrontar la realidad y continuar el camino de la vida.

El Abuelo Domingo, que ya se había enterado de todo lo que le había pasado a su hija, aunque ella jamás se lo había contado, dijo:

—Hija, puedes vivir aquí, pero requiero que me ayudes con los ingresos y que a mis nietos los eduques bien para que se acomoden y ayuden en la casa.

No teniendo otra opción, Estela aceptó. En ese momento se derrumbaron para siempre sus ilusiones de tener su familia completa y su casa. Selló con acero su corazón y prometió entregar su vida a sus hijos, a su trabajo, a su padre y a la casa en la que iba a vivir. Ella sí cumpliría su promesa.

—Estela, ¿cuánto tiempo tienes de embarazo? —le preguntó el abuelo Domingo.

—Siete meses, papá.

—Ya te falta poco para dar a luz. Podrías tener al bebé en el hospital público. Por lo que sé, dan buen servicio, no falla. Una vez que tengas a tu criatura, esperamos los cuarenta días y buscas trabajo, hija. Discúlpame por decirte esto, pero yo no puedo mantenerlos, son muchos gastos…

—No te preocupes, papá —lo interrumpió Estela—. No pretendo que nos mantengas. Yo trabajaré y asumiré los gastos de mis hijos.

—Está bien, hija.

Con su padre solo hablaba de su embarazo, de que conseguiría un trabajo, de los gastos de la casa, de la escuela de sus hijas, pero nada de sus sentimientos o emociones. Un día, sin embargo, se atrevió a preguntarle sobre las personas que habían habitado la casa antes que ellos.

—Papá, antes de las madrinas de mi mamá, ¿de quién era la casa, quiénes la habitaban?

—No lo sé, hija —dijo el abuelo Domingo—. Algunas personas comentan que hace muchos años, en la época de nuestros antepasados, aquí era zona de mucho comercio, de mucho trueque, incluso después de la llegada de los españoles. Pero también hubo mucha matanza, pues ellos querían imponernos todo, desde sus creencias hasta lo que se vendía. Muchos años después construyeron estas casas.

—Mmmm, pues sí —dijo Estela.

Ese día, cuando se disponían a descansar, ella le hizo otro comentario:

—Papá, esta casa es muy fría.

—Así es, hija. Desde que tu madre murió, esta casa es muy fría —dijo el abuelo Domingo con un poco de melancolía.

El silencio terminó con la charla. Las niñas se habían quedado dormidas en la sala. Estela comprendió el cansancio y la pena de su padre, que se dirigió a su habitación a descansar. Ella sentía muchas ganas de llorar. Los pies se le habían hinchado, así que los levantó un poco en un *reposet* que tenía su padre y, sin que nadie la escuchara, lloró hasta quedarse dormida. El frío de la madrugada la despertó. Arropó a sus hijas y tomó una cobija para combatir la frialdad de la noche y de su alma.

Un golpe en el pasado puede cambiar el presente. En cuestión de horas, minutos o segundos, se puede derrumbar todo.

Cuando José se fue a los Estados Unidos, Sofía tenía tan solo 5 años, y Lourdes, 3. Ambas compartían, en cierta forma, la pena con su madre. De repente dejaron de ver a su padre. Preguntaban por él, pero Estela les respondía que se había ido a otro país y que no regresaría en mucho tiempo. Lo extrañaban mucho, pues solía ser muy cariñoso con las tres. Rocío era aún una bebé, por lo que no guardaba recuerdos de él. Por un tiempo, Estela no les dijo la verdad, pero luego pensó que lo mejor sería hacerlo, pues no quería que sus hijas vivieran en la mentira. Una tarde, vio que Sofía lloraba por su padre y que la consolaba su pequeña hermana Lourdes. En ese momento les pidió que la siguieran a la sala y que se sentaran en el sillón mediano. A pesar de la gran pena que sentía porque José la había traicionado, pensó que no debía hablarles mal de él a sus hijas. Entonces, les dijo:

—A su papá no lo volverán a ver aquí como persona. Se ha convertido en un ángel de Dios y las va a cuidar a donde quiera que vayan. Pero él no quiere que estén tristes todo el tiempo, quiere ver sus sonrisas, ¿sí?

A pesar de su corta edad, Sofía comprendía lo que había sucedido, pero para Lourdes parecía como una historia de la que aún no tenía conciencia. Estela se fue pronto a continuar lo que guisaba en la cocina porque no quería que la vieran llorar. No les dio tiempo para que le dieran un abrazo. Así fue como Sofía y Lourdes supieron que a su padre no lo volverían a ver. Rocío, que apenas tenía un año y medio, y Antonio, que aún no había nacido, no resentirían tanto como sus hermanas mayores la ausencia de su padre.

Transcurrió el tiempo en la casa de la cerrada de Rivero hasta que nació Antonio. Dejaron pasar la cuarentena y Estela se movilizó para conseguir trabajo, el cual no tardó en encontrar. También era importante inscribir a Sofía al preescolar. Estela tenía una madrina llamada Esperanza, quien ya era una mujer de edad avanzada, pero aún podía ayudar. Vivía cerca, a unas tres calles de la cerrada. Estela fue a verla para pedirle si podía llevar a Sofía y a Lourdes a la escuela, y cuidar a Rocío y a Antonio mientras ella trabajaba. Le ofreció pagarle algo de dinero y Esperanza accedió. Pero no duró mucho tiempo porque, transcurridos dos años y medio, enfermó de una fuerte gripa que la tiró en cama. Por lo tanto, Sofía, que ya iba a segundo año de primaria, y Lourdes, que estaba en preescolar, tuvieron que abandonar la escuela por un tiempo. Estela, muy preocupada, visitaba a su madrina para cuidarla y llevarle comida o medicinas en los momentos que le permitía el trabajo. Esperanza tenía dos hijos, Concepción y Juan, quienes también la visitaban y cuidaban de ella dos o tres veces por semana. En una ocasión, Estela llevó a su madrina un consomé de pollo. Al tocar la puerta, abrió Concepción, quien la saludó con mucho gusto:

—Hola, ¿cómo estás? Hacía mucho tiempo que no te veía.

—Bien, Concepción —contestó Estela—. Mira en qué momento nos volvemos a ver, mi madrina enfermó.

—Sí, supe que te estaba ayudando con tus hijos.

—Nos estábamos ayudando mutuamente.

—Mi madre siempre ha sido muy dispuesta a ayudar, pero no se cuida.

Concepción le comentó que su madre ya tenía mucho tiempo con una tos a la que no le daba importancia. El doctor le decía que era un enfriamiento, que tenía que abrigarse bien y tomar unos jarabes y medicinas para el tratamiento, pero que solo era una simple tos.

—Espero que se alivie pronto y no porque me esté ayudando, sino porque así espero que sea —dijo Estela.

Pero pasaron quince días y la enfermedad se complicó: resultó neumonía. Ingresó al hospital y a los tres días falleció. Otra pérdida para Estela. Tenía recuerdos muy agradables de su madrina, pues era cariñosa y detallista con ella. Era humilde, pero de un gran corazón. Le comunicó lo sucedido a su padre y ambos fueron al funeral para acompañar a los hijos y familiares de Esperanza. Ni hablar, otro suceso más que cambiaría el presente.

Estela no tenía otro apoyo, así que no le quedó otra alternativa que enseñarle a Sofía a cuidar a sus hermanos y a tener obligaciones como si fuera un adulto. El abuelo Domingo también tenía que trabajar rolando turnos cada semana. Cuando entraba por las tardes, podía llevar a las niñas a la escuela, pero tenían que regresar solas.

Cuando entraba por las mañanas, tenían que ir y regresar solas, pues salía más tarde que ellas. Sofía, con tan solo 8 años, tomaba de la mano a Lourdes, corría hacia la escuela y la dejaba en su salón de primer grado. En este momento comienza la rutina difícil tanto para Sofía como para sus hermanos, su madre y su abuelo.

Capítulo III:
Una casa que lucía antigua, con poca luz y fría

Cuando Estela fue a vivir a la casa de su padre, estaba embarazada y sus hijas eran pequeñas. Para las niñas fue muy difícil adaptarse, pues la casa era demasiado amplia, con espacios muy grandes. Sofía sentía un miedo inexplicable al entrar al baño, a la cocina y al comedor, pero sobre todo al subir por aquellas escaleras de cemento que comenzaban a un lado de la gran pileta y daban una vuelta a la planta alta de la casa. Cuando Estela la mandaba a subir algo, hacía un gran esfuerzo por vencer ese miedo, pero nunca lo confesaba, solo callaba y cumplía con lo que su madre le ordenaba. Estela notaba que la casa era muy fría, pero lo atribuía a que la construcción era vieja y a que casi no le daba el sol. Al principio no fue fácil acostumbrarse, pero poco a poco se fueron adaptando.

Una mañana, como de costumbre, Estela salió rumbo al trabajo y le gritó a Sofía desde la cocina:

—¡Sofía, despierta! Ya es hora.

Estela tenía más prisa que nunca, pues llevaba diez minutos de retraso. Si llegaba tarde, le descontarían, y la situación no estaba para eso.

Sofía escuchó el portazo de su madre y pensó: «en realidad lleva mucha prisa». Se levantó, intentó prender la lámpara como siempre lo hacía, pero no encendió. «Mmmm, ¡se le acabó el veinte a esta lámpara! Olvidé decirle a mi madre que me diera unos centavos para comprar el foco», pensó. Como pudo, se levantó y a tientas abrió el cajón de las calcetas. Se las puso un poco desajustadas y buscó sus viejos zapatos escolares. Los encontró y se los puso sin abrochar y al revés. El apagador del corredor estaba casi hasta la entrada de la habitación en la que dormían Estela y Antonio, así que no le quedó otra opción más que caminar a tientas en la oscuridad, tocando las paredes y el borde de las escaleras. Al cruzar el corredor, sintió como si alguien la estuviera mirando unos escalones abajo por la escalera. Pensó que era su abuelo, así que preguntó en voz alta:

—¿Abuelo Domingo? ¿Estás ahí? —al no recibir respuesta alguna, volvió a preguntar—: ¡Abuelo! ¿Eres tú?

El silencio de las escaleras le hizo sentir un miedo estremecedor. En medio de la oscuridad, corrió hacia el apagador y prendió la luz. Luego se asomó lentamente por las escaleras y miró hacia abajo para ver qué era lo que le había provocado esa sensación, pero no había nada. Caminó hacia la habitación de Antonio, abrió la puerta y vio que su madre había dejado la lámpara de luz tenue encendida, lo que le permitió ver que su hermano bebé se encontraba bien y que estaba durmiendo. Decidió sentarse en la cama de su madre para acomodarse bien las calcetas y los zapatos. Mientras lo hacía, escuchó como si alguien tocara por la ventana que daba a la azotea. Dos golpes fuertes… Se detuvo, volteó de inmediato hacia arriba, pero no vio nada. Alzó un poco la voz y preguntó:

—¿Quién es? ¿Hay alguien ahí?

De nuevo el silencio. Sintió mucho miedo, pero pensó que tal vez eran los gatos. Ellos acostumbraban trepar a la azotea y era probable que anduvieran por ahí provocando esos ruidos. Continuó abrochándose los zapatos y encendió la luz fuerte para ver mejor. Todo estaba bien. Quiso abrir la puerta que daba a la azotea para cerciorarse de que no hubiera nadie, pero estaba cerrada con llave. Buscó las llaves por todo el cuarto, pero no las encontró, así que supuso que se las había llevado su mamá y que el abuelo no sabría dónde había algún duplicado. Después de unos minutos, pasó saliva, se calmó y ya no escuchó ruido alguno, así que se concentró en ver a su hermano y en seguir con su rutina. Salió de la habitación para asomarse de nuevo al corredor y vio que todo estaba bien. Luego regresó, pues tenía que cambiarle el pañal y la ropa a su hermano, ya que el día anterior no lo había hecho. Si no lo hacía ahora, en la tarde no habría tiempo, y su mamá se daría cuenta, lo cual podría ser motivo de un regaño o de un castigo.

Lo cambió, pero Antonio comenzó a llorar muy fuerte, así que trató de calmarlo.

—Ya, Antonio. Duerme, hermanito, shhhh —nunca había llorado tanto como esa mañana—. ¿Qué tienes? ¿Quieres enfermar? ¿Tienes hambre?

Lo envolvió bien, bajó muy despacio las escaleras y entró por la puerta de la cocina. Atravesó el comedor y llegó a la sala donde estaba el corral, pero Antonio no dejaba de llorar. Eran ya las 6:45 a. m. y el abuelo salió de su habitación.

—Sofi, ¿qué le pasa al bebé?, ¿por qué llora tanto?

—No sé, abuelo, creo que tiene hambre.

—Te ayudaré a calmarlo.

El abuelo Domingo lo cargó y le cantó una canción de cuna.

—A la rorro, niño, a la rorro ya. Duérmete, mi niño, duérmete ya —le cantaba mientras le mostraba una sonajita, lo que hizo que el pequeño se tranquilizara.

Mientras tanto, Sofía estaba en la cocina preparando la leche y rallando un plátano para el desayuno del bebé. Cuando volvió a la sala, vio que Antonio, en brazos de su abuelo, ya se había calmado. No quiso la fruta, pero se tomó el biberón y se quedó dormido en el corral.

—Me tengo que alistar para ir a trabajar —dijo el abuelo.

—Sí —dijo Sofía—. Con cuidado, abuelo.

Cada día la angustia invadía a Sofía al saber que su hermanito se quedaba solito. Dejarlo en las mañanas no era nada fácil. Después de unos minutos, vio que eran las 7:00 a. m. en el reloj que le había regalado su madre para estar al pendiente de los horarios, así que subió corriendo para despertar a Lourdes y a Rocío, quienes ya se estaban vistiendo porque los llantos de Antonio las habían despertado.

—Menos mal. Qué bueno que ya están vistiéndose —les dijo Sofía.

Con todas estas obligaciones, había olvidado comentarle a su abuelo lo que le había sucedido en las escaleras y en la ventana de la habitación de su madre. Además, ya eran las 7:30 a. m. y debían salir rumbo a la escuela. Antes de irse, vieron muy dormidito a su hermano y le dijeron en voz bajita para no despertarlo:

—Diosito te cuidará. No tardamos.

Sofía cerró la casa, guardó bien las llaves, tomó de la mano a sus hermanas y caminaron hacia la escuela.

Cuando llegaron, dejaron a Rocío en el preescolar. Luego, Sofía le dijo a Lourdes:

—Recuerda, a la hora de la salida te veo en el pasillo. ¡No tardes! Debemos ir rápido por Chío —así le decían a su hermana Rocío— y después pasar al mercado para llegar pronto a casa y ver a nuestro hermanito.

A la hora de la salida, Sofía llegó un poco antes que Lourdes. Ambas fueron por Rocío y salieron de prisa rumbo al mercado. Su mamá solo les había encargado cuatro naranjas, cuatro bolillos y medio kilo de frijol, pues era para lo que alcanzaba. Resignadas, sabían que al siguiente día solo comerían frijol.

En el mercado, muchos vendedores ya las conocían y a veces les regalaban frutas, dulces o cacahuates. Ellas se lo comían en el camino, pues tenían mucha hambre. Por suerte, el camino desde la escuela al mercado y desde el mercado a la casa no era muy largo. Sofía estaba muy inquieta por llegar a ver a Antonio, pues sentía como si algo le pudiera pasar.

—¡Vamos, apúrense para que lleguemos a ver a nuestro hermano! —les decía.

—Lloró mucho en la mañana, ¿verdad? —preguntó Lourdes.

—Sí —contestó Sofía—. No sé qué era. Le comentaré a mamá para ver si lo lleva al doctor.

Esta vez el camino se les había hecho largo. Cuando llegaron, Sofía buscó las llaves en la mochila. Por un momento creyó que las había perdido, pues no las encontraba. Tuvo que vaciar casi toda la mochila hasta que las encontró debajo de sus cuadernos y libros. Intentó abrir la puerta, pero no pudo.

—Siento muy dura la chapa…

—Déjame intentar —dijo Lourdes—. ¡No puedo!

Sofía volvió a intentar, hizo mucha fuerza, hasta que logró abrir. Lo primero que hicieron fue correr al corral, pero casi se desmayan al ver que Antonio no estaba ahí. Lo buscaron por todos lados, hasta que Lourdes lo encontró debajo de un sillón, pero con un color medio azul, pues tenía dificultad para respirar y su temperatura corporal estaba muy fría. Lo volvieron a tapar, lo abrazaron, le dieron calor y poco a poco recuperó la temperatura y el color extraño se desvaneció. No se explicaban cómo había podido salirse del corral. No había rastros de que hubiera intentado escalarlo, no estaba volteado ni tirado. Era un misterio que las espantaba.

—Oye, Sofi, ¿quién cargó a nuestro hermanito y lo puso abajo del sillón? —preguntó Lourdes.

—No sé, hermana. No sé qué pudo haber pasado —respondió Sofía.

Dos horas después, llegó el abuelo Domingo, y Sofía le comentó lo que le había sucedido al bebé.

—Hay que observarlo –dijo el Abuelo, que no podía creer lo que había ocurrido.

A los cinco minutos, Sofía recordó el suceso de la mañana.

—Abue, ¿ibas a subir las escaleras en la mañana, como a la hora en que sale mi mamá a trabajar?

—No, ¿por qué, hija?

—Porque cuando me levanté se fundió el foco de la lámpara, así que tuve que salir a oscuras y me pareció ver una sombra, como si alguien estuviera ahí parado, unos cuatro escalones abajo. Me asusté mucho y pensé que eras tú.

El abuelo se quedó pensando unos segundos y luego reiteró:

—Pues no era yo. ¡Qué raro!

Estela llegó de trabajar como a las 6:00 p. m. Tocó la puerta y las niñas corrieron a recibirla.

—¿Cómo están todos? —les preguntó.

—Bien, mamá —contestó Sofía—, pero cuando llegamos de la escuela nuestro hermanito estaba afuera del corral. Lo encontramos abajo del sillón y estaba raro, con un color un poco azul, frío y como si no pudiera respirar.

Estela lo tomó en sus brazos y lo observó.

—Se ve bien —dijo, luego le tocó la frente y agregó—: No tiene temperatura. No te preocupes, hija.

Esa tarde, como cada día entre semana, las niñas comieron con su mamá en la mesa del comedor. El abuelo Domingo, luego de descansar un rato, salió a saludar a Estela. Mientras ella comía, decidió ayudar a sus nietas con la tarea de la escuela. Cuando tenía oportunidad, las ayudaba y les daba una lección de lectura. Hacía que Sofía y Lourdes leyeran en voz alta y por separado una noticia del periódico, mientras a Rocío la supervisaba en sus planas de letras y sílabas.

Ya reunidos en casa, volvía la tranquilidad. La cena era reconfortante, pues, cuando Estela podía, les llevaba un poco de pan para que comieran un pedacito con café. Las niñas se sentían felices, ya que a la hora de la cena podían platicar con su mamá y decirle cómo les había ido en la escuela. Estela los disfrutaba un ratito en la tarde y en la noche, pero eran instantes muy breves. Al rato tenían que bañarse, dejar que se les secara un poco el cabello y prepararse para dormir, pues al otro día tenían que levantarse temprano.

Capítulo IV:
Antonio se enferma

La casa era grande y fría, y las bajas temperaturas del mes de enero hacían que pareciera una heladera. Las actividades y la rutina tenían que continuar.

Aquella mañana, como de costumbre, Sofía había preparado el biberón de su hermanito. Lourdes, que ahora ya le apoyaba con su hermanita Rocío, se estaba alistando. Minutos después, partieron para la escuela. El abuelo había rolado turno la semana pasada, así que esta semana le tocaba por la mañana. Cuando regresaron de la escuela, las tres niñas se asomaron a ver a su hermanito Antonio y se espantaron al ver de nuevo aquel tono azul en su cara. Se le complicaba respirar, tenía ojeras y ardía en temperatura. ¡Y aún no llegaba el abuelo! Sofía no sabía qué hacer. Los nervios la habían paralizado al ver a Antonio de esa manera y escuchar el llanto de sus hermanas. Tomó conciencia de que esta situación dependía de ella y lo primero que se le ocurrió fue pedir ayuda a la señora de la tiendita, la que les vendía tiempo de entretenimiento en la televisión durante las vacaciones, la señora Carmen.

—Lulú, te encargo —le dijo a Lourdes—. Ciérrate bien con Chío. Voy con la señora Carmen para que nos ayude.

—Pero quiero ir contigo —dijo Lourdes.

—No. Si no, ¿quién cuida aquí la casa?

—Está bien...

Sofía corrió con su hermanito en brazos rumbo a la casa de la señora Carmen.

—¡Vamos, niña! —dijo la señora al ver cómo estaba Antonio—. El bebé está muy mal. Te llevaré con la señora Dorita, la partera. Ella conoce buenos remedios.

Ante tal urgencia, era el recurso más cercano. La señora Dorita, que vivía en la misma cerrada a unas cuantas casas, tenía conocimientos de homeopatía y herbolaria, así que de inmediato la fueron a buscar. Por un momento, ante la desesperación, pensaron que no estaba, pues tardó en abrir.

—¡Dorita!, ¡Dorita!, es una urgencia. Abra pronto —gritaba La señora Carmen.

La señora Dorita abrió. Al ver que traían al bebé muy mal, las hizo pasar y les pidió que lo recostaran. Preparó una solución y se la dio a beber por medio de una cucharita. Luego lo destapó, le puso lienzos frescos para bajar la fiebre y le dio masajes con ungüento en sus bracitos, en las piernas y en los pies. Después de media hora, Antonio comenzó a reaccionar, bajó la fiebre y pudo respirar sin complicaciones. Un rato después llegó el abuelo Domingo, apresurado y asustado.

—¿Qué le pasó al bebé, hija? —le preguntó a Sofía.

Ella lo abrazó y se puso a llorar.

—La niña estaba muy espantada. Llegó blanca a mi casa con su hermanito en brazos, y se me ocurrió traerla con Dorita —dijo la señora Carmen.

—Y viera que yo ya mero salía a recoger un pedido —dijo la señora Dorita—. ¡A Dios gracias que estaba aún aquí!

El abuelo les dio infinitas gracias y les preguntó cuánto les debía.

—No, señor Domingo. Por mí ni se apure, lo bueno es que el bebé se encuentra bien —dijo la señora Carmen.

—No, pues, deme lo que usted pueda. Somos vecinos, lo importante es que Toñito está bien —dijo la señora Dorita.

—Disculpe usted —dijo el abuelo luego de darle unos centavos—. Cuando llegue Estela, le digo que pase a verla para que le complete el pago.

—No se preocupe —respondió la señora Dorita—. No deje de darle este preparado en la mañana, tarde y noche durante quince días

—Muchas gracias, señora Dorita —dijo el abuelo. Luego tomó en brazos a Antonio, lo envolvió bien y le dijo a Sofía—: ¡Vámonos, hija!

—Espere —dijo la señora Dorita—. Esto no descarta que le vuelva a suceder. Por lo que conozco, fue un cuadro de difteria y debe seguir el tratamiento que le preparé. Dígale a su hija que pase a verme para explicarle.

—Sí —respondió el abuelo. Y luego preguntó preocupado—: ¿Por qué? ¿Qué puede pasar?

—Si sigue el tratamiento que le voy a dar y después de quince días no presenta otro cuadro igual, libró la enfermedad, pero si no es así, le tienen que aplicar la traqueotomía porque esta enfermedad no lo dejará respirar. Para que no muera de asfixia, esa será la alternativa.

El abuelo Domingo se quedó pensativo y luego preguntó:

—¿A qué se debe esta enfermedad?

—Por estar en lugares fríos. El bebé absorbió mucho enfriamiento y eso provocó la enfermedad.

—Muchas gracias —dijo finalmente el abuelo con gesto de preocupación.

El abuelo Domingo tomó a Antonio en brazos y salieron con Sofía rumbo a la casa. Lourdes y Rocío, asomadas en la ventana que daba hacia la calle, lloraban esperando que su hermanito estuviera bien. Cuando llegó, lo abrazaron con mucho amor y lo llenaron de besos.

—¡Con calma! —dijo Sofía—. Todavía se está recuperando.

Estaban en eso cuando escucharon el toque muy peculiar de su madre en la puerta.

—¡Ya llegó mamá! —exclamaron las niñas.

Corrieron a abrir la puerta y la abrazaron llorando. Estela, atónita al ver la reacción de sus hijas, les preguntó:

—¿Qué pasó? ¿Por qué lloran? —luego corrió muy asustada hacia donde estaba su padre y le preguntó—: Papá, ¿qué pasó?

—Ay, hija, es que Toñito se puso mal.

—¿Por qué? ¿Qué le pasó?

—Mira, hija, llegué del trabajo y encontré aquí a Lulú y a Rocío solas, llorando. Me dijeron que habían encontrado mal a Toñito, que estaba medio morado, que no podía respirar y que ardía en temperatura. Sofía se lo había llevado con doña Carmen. Entonces, las cerré bien, les dije que esperaran y corrí a la casa de la señora, pero ya no estaban ahí. La hija me dijo que estaban con la señora Dorita, así que me fui rápido para allá. Cuando llegué, Dorita ya estaba atendiendo a Toñito.

—Pero ¿qué te dijo?

El abuelo Domingo le dijo que mejor fuera a ver a la señora Dorita y que le llevara algunos centavos porque él le había dejado muy poco. Estela dejó sus cosas y se fue rápido a buscar a Dorita.

—Hola, Estela —dijo la señora Dorita luego de abrir la puerta—. ¿Ya te dijo tu papá lo de Toñito?

Estela le comentó que su papá ya la había puesto al tanto de lo que había sucedido.

—Así es, Estela. Ten cuidado, hija, el bebé corre peligro. La enfermedad está controlada, mas no curada. Le dejé a tu papá el tratamiento para quince días.

—Mi papá me comentó del tratamiento que le preparó.

—Sí —dijo Dorita—. Si en quince días tu bebé no tiene otro lapso igual, entonces la libró, pero si no, se le puede cerrar la garganta y puede asfixiarse. En ese caso, se le debe hacer una traqueotomía. Puedes llevarlo con un doctor que conozco, pero la verdad son muy caras las consultas. Mientras tanto, podemos probar con el preparado y pedirle a Dios que resulte bien.

—Está bien, seguiremos el tratamiento —dijo Estela muy preocupada.

—Al terminar, lo observas y vemos qué sucede.

Estela le dejó algo de dinero y le dio las gracias por atender a su bebé.

—Por nada, hija —dijo la señora Dorita—. Gracias a ti. Ya verás que Toñito se va a recuperar.

—Sí, Dorita. gracias.

Estela sintió una profunda preocupación al pensar que no podía dejar de trabajar porque necesitaban dinero, pero también Toñito la necesitaba. Era un sentimiento de impotencia, una desesperación que la invadía al no saber qué hacer. Antes de entrar a la casa, se quedó un momento afuera porque no pudo evitar llorar. La casa era tan fría, y no se explicaba por qué.

Después de un rato, entró. Las niñas la recibieron con mucho cariño, pero notaron que había llorado. Les dijo que no, que le había entrado una basurita en los ojos, pero ellas sabían que eso no era verdad, que a su madre, como a ellas, le había preocupado mucho Antonio. Su padre, que estaba cargando al bebé, también se dio cuenta de que había llorado, pero prefirió quedarse callado para no incomodarla frente a las niñas.

En la tarde noche, cuando todo se había calmado, Estela cargaba a Antonio sentada en el sillón grande de la sala. A un lado, estaban las niñas. El abuelo descansaba en su reposet. A esa hora, acostumbraban escuchar radio y platicar.

—¿Sabes qué pensé, papá?

—¿Qué, hija?

—Que mañana voy a llamar temprano al trabajo reportando que mi bebé se puso mal. Voy a pedir permiso a mi jefe para poder cuidar a mi hijo. Esta vez es muy importante. ¿Qué opinas?

—Estaría bien, hija, así podrás estar al pendiente. Aunque sea tres días. Déjame ver si yo te puedo ayudar otros tres días. Si me dan permiso, me quedo con Toñito.

—Si no te causa problema en tu trabajo, yo te lo agradezco mucho, papá.

Estela logró que le dieran tres días para cuidar de Antonio y darle su tratamiento. Por otro lado, el abuelo consiguió que le dieran sus vacaciones, así que, cuando ella volvió al trabajo, él continuó con los cuidados del pequeño. De esa manera, cumplieron el tratamiento. Ahora faltaba lo más difícil: esperar los quince días o asistir al doctor que había recomendado Dorita. Estela pensó en preguntarle al doctor cuánto cobraba la consulta. Aunque sabía que no contaba con suficiente dinero y que en el trabajo no podía pedir prestado, pues ya había pedido para otros gastos que se habían presentado, pensó en hacer lo posible para conseguirlo. Fue a buscar al doctor, pero no lo encontró. Había salido por un mes a otra zona del país. Entonces, llevó a Toñito con otro doctor, y este le dijo que el bebé estaba bien, que ante cualquier complicación lo llevará de urgencia. Estela decidió tenerlo en observación.

La rutina no podía parar, todo tenía que volver a su ritmo, la vida seguía. Las niñas tenían que ir a la escuela, y el abuelo Domingo y Estela tenían que trabajar.

Todas estas complicaciones llevaron a Estela a agotar el último recurso: hablar con la señora Carmen para ver si podía cuidar de Antonio por lo menos una semana, tiempo que faltaba para que se cumplieran los quince días y ver si el pequeño libraba o no la enfermedad. Estos días habían sido los más largos y penosos que habían pasado Estela, las niñas y Domingo.

Con mucha pena, Estela le pidió a la señora Carmen si podía cuidarlo y le ofreció pagarle por ello. La señora le dijo que no podía descuidar mucho su negocio, que solo le ayudaría durante esos días hasta la hora en que llegaran las niñas de la escuela, pero nada más. A Estela le preocupaba que la casa fuera tan fría.

Capítulo V:
Antonio, la señora Carmen y alguien más

Conforme a lo que habían acordado, la señora Carmen comenzó a cuidar de Antonio. Estela habló con Sofía para explicarle lo que debía hacer.

—Hija, necesito que me ayudes a dejar listo a tu hermanito como siempre lo haces todas las mañanas, con ropa limpia y pañal cambiado. Le bajas la maletita de tu hermano a la señora Carmen, con pañales limpios y ropa, para que pueda cambiarlo en caso de que se moje. Le dices dónde le dejas los biberones con leche. Ella ya sabe cómo tibiarla a baño maría aquí en la estufa. Dile a Lulú que te ayude. ¿Tienes dudas, hija?

—No, mamá, está bien.

Sofía no tenía otra opción. Lo bueno era que ya tenía cierta práctica. Además, ahora Lourdes podía apoyarla más para hacer entre las dos lo que su mamá les encargaba.

Al siguiente lunes, todo comenzó. Estela salió muy temprano a su trabajo. Antes de salir, dejaba lista una papilla para Antonio, pues ya tenía nueve meses cuando sucedió lo de su enfermedad. Sofía dejaba listo a su hermanito: pañal cambiado, dos biberones y ropa limpia para que la señora Carmen ya no tuviera que ocuparse de todo eso. La señora lo cuidaba de 7:30 a. m. hasta la 1:00 o 1:30 p. m. Cuando las niñas llegaban de la escuela, regresaba de inmediato a su tienda.

El primer día, la señora Carmen llegó, tocó la puerta y abrió Sofía. Se saludaron y la señora le preguntó:

—¿Ya estás lista, niña Sofía?

—Sí, señora Carmen.

—Oye, ¡qué frío hace aquí en tu sala!

—No es solo en la sala, toda la casa es fría, doña Carmen.

—Mmmm, por eso se enfermó tu hermanito. Hay que cuidarlo bien.

—Bueno, nos tenemos que ir a la escuela.

—Vayan con cuidado, niñas —les dijo doña Carmen.

—La veo al volver de la escuela —dijo Sofía.

Ese lunes transcurrió sin problemas. Antonio era un bebé muy tranquilito, se entretenía muy bien con su sonaja y sus juguetes.

El miércoles, Sofía dejó a su hermano como siempre. La señora Carmen lo tomó en sus brazos porque Sofía le dijo que si lo dejaba en el corral comenzaba a llorar mucho y que cargado estaba más tranquilo. Las niñas salieron rumbo a la escuela. La señora se sentó en el sillón con Antonio en brazos y al poco rato el niño se quedó dormido. Ella levantó su mirada y, sin intención de nada, miró hacia el comedor. Vio que a un lado estaba la cocina y del otro lado un pasillo. Sin saber por qué, detuvo su mirada un momento más en ese pasillo que conducía al patio cuadrado, donde estaban la pileta y las escaleras. Pensó que le gustaría conocer un poco más la casa, que parecía tan amplia. Acostó al bebé en el sillón, le colocó unas cobijas y almohadas alrededor para hacer tope y evitar que se cayera, se levantó con cautela, estiró un poco su cuerpo y caminó hacia el pasillo. De repente comenzó a sentir una sensación de frío y a la vez un poco de miedo, pues sentía como si alguien la estuviera aguardando más adelante. Al llegar al patio cuadrado, volteó a su izquierda y vio la pileta. De frente, una habitación, la del abuelo Domingo. Sobre la pared del lado derecho, estaba colgado el gorrión del abuelo, muy inquieto y asustado, pero la señora Carmen supuso que era por su presencia. A un lado de la habitación del abuelo, estaban las escaleras, esas que tanto atemorizaban a Sofía. En ese momento le pareció escuchar como si alguien caminara por la parte de arriba y estuviera a punto de bajar por las escaleras. Retrocedió hacia el pasillo y preguntó:

—¿Quién es? Buenos días. Señor Domingo, ¿es usted?

No hubo respuesta. El miedo recorrió su cuerpo y decidió regresar apresurada hacia la sala donde había dejado a Antonio. Se quedó sentada junto a él con esa sensación insuperable de temor. Deseó con toda su alma que pronto volvieran las niñas, el señor Domingo o Estela para poder abandonar ese lugar lo más rápido posible. Luego comenzó a tranquilizarse pensando que todo había sido producto de su imaginación. Sin embargo, siguió luchando contra esa sensación de que alguien la observaba.

Después de unos minutos, Antonio comenzó a despertar, pero muy incómodo, lloró mucho. La señora Carmen revisó su pañal, pero estaba bien. Luego lo cargó y le mostró la calle a través del ventanal para ver si se tranquilizaba un poco. Como el sol estaba muy fuerte, decidió cantarle la canción de solecito. Entre cantos, juguetes, sonaja y arrullos, las horas pasaron pronto y al poco rato las niñas volvieron de la escuela.

La señora Carmen las esperó en la puerta y cuando entraron les dijo:

—Hola, niñas. ¿Qué tal su día?

Lourdes y Rocío respondieron que les había ido bien, pero Sofía contestó con otra pregunta:

—¿Cómo está mi hermano?

—Bien, Sofí —dijo la señora—. Un poco lloroncito, pero ya se tranquilizó. Míralo, te ve y se pone feliz.

—Sí, pues, ¿cómo no?, si soy su hermana. Bueno, yo creo que le da gusto vernos a las tres.

La señora Carmen no quiso decirles nada sobre los pasos que había escuchado en la parte de arriba y la presencia que había sentido. Por un lado, no estaba bien que anduviera de curiosa observando otras áreas; y por otro, no quería espantar a las niñas. Antes de despedirse les dijo que cualquier cosa ella iba a estar en la tienda.

Camino a su casa, no se quitaba de la cabeza lo que había pasado y el miedo que la había estremecido. Anduvo muy distraída todo el día y con un poco de temor al saber que al día siguiente tenía que volver a esa casa. Apreciaba a los niños, a Estela y al señor Domingo, y le preocupaba que lo que había pasado pudiera afectar a alguno de ellos.

El jueves, Carmen llegó como de costumbre a las 7:30 a. m. Sofía ya la esperaba con Toñito en brazos. Ya había preparado los biberones y había dejado en el refrigerador la papilla que Estela dejaba preparada para que se la diera a mediodía.

Antonio se despertó al poco tiempo de que se retiraran las niñas. La señora lo entretuvo en la andadera aplaudiendo, cantándole canciones y jugando con el osito con el que siempre se dormía. Aunque se esforzaba por quitarse esa sensación, no dejaba de sentir que alguien la observaba desde el pasillo. A cada rato se volteaba hacia ese lugar y escuchaba al gorrión muy intranquilo, brincando y piando. Trató de no sugestionarse y de seguir entretenida con el bebé, pero al poco rato Antonio comenzó a llorar mucho. Revisó su pañal. Aunque estaba limpio, decidió cambiárselo. Ya le había dado su biberón. Lo sentó de nuevo en la andadera, pero no paraba de llorar, así que comenzó a pasearlo en brazos por la sala. Luego decidió darle un paseo por la casa y se dirigió al comedor. Antonio comenzaba a tranquilizarse. Se dirigió hasta el pasillo y se topó con el gorrión, que parecía estar espantado todo el tiempo. Alzó un poco al bebé para que viera al pajarito, y por un momento su llanto desapareció. Todo quedó en silencio por unos minutos hasta que, de pronto, aquellos pasos en la parte de arriba se volvieron a escuchar, pero en esta ocasión como si alguien bajara las escaleras de manera apresurada. La señora Carmen sintió mucho miedo, abrazó al bebé y corrió hacia la sala. Se sentó en el sillón mirando hacia el pasillo para esperar quién era la persona que bajaba de tal forma por las escaleras. Pensó que podía ser un ratero que hubiera saltado a la casa, pero no bajó nadie. Después de unos minutos, sin quitar la vista del pasillo, gritó:

—¿Quién es?

De nuevo el silencio. Sintió que se le iban las fuerzas en todo su cuerpo , creyó desmayarse, por lo que dejó al bebé recostado en el sillón y trató de recuperarse. Estaba desesperada por salir de esa casa y no regresar nunca más. Hizo respiraciones profundas y luego de algunos minutos comenzó a calmarse. Decidió esperar a las niñas. Miró su sencillo reloj de pulso y vio que no faltaba mucho para que regresaran. Luego de veinte minutos, escuchó sus vocecitas, que se acercaban.

—¡Ya llegaron! ¡Qué bueno! —les dijo aliviada—. ¿Cómo les fue en la escuela, niñas?

Ellas le respondieron que les había ido bien. Pero Sofía, que era muy observadora, la notó un tanto ansiosa por irse, por lo que se quedó extrañada. «¿Qué tendrá la señora Carmen? —pensó—. Parece muy desesperada por irse». Luego le preguntó si todo había estado bien.

—Sí, Sofi, todo bien. Tu hermanito lloró un poco más que ayer, se sintió inquieto, pero está bien. ¿No sabes si tu abuelo va a tardar en llegar?

—No sé, una hora tal vez.

—Mmmm, ¿lo puedo esperar?

—Sí —respondió Sofía, quien seguía pensando que la señora estaba actuando raro, pues nunca se quedaba cuando ellas llegaban, siempre se iba de inmediato a atender su tienda.

Las niñas se metieron a la casa, dejaron sus mochilas y estuvieron un momento con Antonio.

—¿No se cambian el uniforme? —les preguntó la señora Carmen.

—No, porque Sofía dice que esperemos a mi abuelo. Ella piensa que hay alguien en esas escaleras y le da miedo —dijo Lourdes.

—A mí también me da miedo ir allá —dijo Rocío.

—Sí, señora Carmen, hay algo extraño ahí —dijo Sofía.

—Pero es algo que ustedes se imaginan… —dijo la señora Carmen—. No deben tener miedo. Cuando lo sientan, recen mucho. Recen varios padrenuestros y avemarías.

—Nosotras no sabemos muy bien esas oraciones —dijo Sofía.

—Dile a tu abuelito que les enseñe. No están largas, no son difícil de aprender —dijo la señora Carmen. Luego preguntó—: ¿Les gustaría que les enseñe las oraciones para que se las vayan aprendiendo?

Las niñas dijeron que sí. Entonces, les dijo que primero les enseñaría el padrenuestro y luego el avemaría, que las repitieran con ella en voz alta:

—Padre nuestro que estás en el cielo, santificado sea tu nombre; venga a nosotros tu reino; hágase tu voluntad en la tierra como en el cielo. Danos hoy nuestro pan de cada día; perdona nuestras ofensas, como también nosotros perdonamos a los que nos ofenden; no nos dejes caer en la tentación y líbranos del mal. Amén.

Luego de que las tres repitieran junto a ella el padrenuestro, la señora Carmen les enseñó el avemaría:

—Dios te salve, María, llena eres de gracia, el Señor es contigo; bendita eres entre todas las mujeres y bendito es el fruto de tu vientre, Jesús. Santa María, madre de Dios, ruega por nosotros, pecadores, ahora y en la hora de nuestra muerte. Amén.

Aunque Carmen coincidía con el miedo que las niñas sentían, trató de no inquietarlas más y de aprovechar el tiempo enseñándoles las oraciones mientras llegaba el señor Domingo.

Media hora después, se escucharon unos pasos cerca de la puerta de la calle. Era el abuelo, que preparaba sus llaves para abrir la puerta.

—¡Ya llegó el abuelo! —dijeron las niñas, contentas. A doña Carmen también le dio gusto su llegada.

El abuelo no se esperaba que aún estuviera la vecina, así que al verla exclamó:

—¡Doña Carmen! ¿Todavía por aquí? ¿Qué tal? ¿Todo bien?

—Sí, todo bien, señor Domingo. Aquí me quedé un momentito con las pequeñas. Es que lo estaba esperando para platicar con usted. No lo entretengo mucho, pues ya llega cansado del trabajo.

—No se preocupe. Usted dígame.

La señora Carmen se acercó ligeramente a su oído y le dijo con voz un poco más baja:

—Pero no me gustaría que las niñas escuchen lo que le voy a platicar.

—Está bien —dijo el abuelo—. Sofi, por favor, vayan a cambiarse el uniforme y cuélguenlo en sus ganchos.

Las niñas obedecieron a su abuelo, aunque les costaba mucho esfuerzo saber que tenían que subir por aquellas escaleras. Sin embargo, el hecho de ir juntas aminoraba el miedo.

—Quiero platicarle que ayer y hoy escuché pasos en la parte de arriba de su casa mientras cuidaba a Toñito —dijo la señora

Carmen—. Perdone, pero, la verdad, como el pequeño estaba llorando, para tratar de tranquilizarlo lo comencé a pasear por la casa y lo llevé hacia el pasillo. Lo entretuve un poco mostrándole al gorrión que tiene en el patio y paró de llorar. Por un momento se quedó todo en silencio, y en eso escuché como si alguien bajara por las escaleras desesperadamente. Me espanté muchísimo, abracé al bebé y me regresé corriendo aquí, a la sala. Sentí mucho miedo, pensé que alguien se había metido a la casa para robar, pero no era nada. Eso me pasó hoy mismo, se lo juro. Ayer también, pero solo escuché pasos arriba. La verdad, me siento con miedo, señor Domingo. Por eso lo estaba esperando para decirle lo que me había pasado. No tendría por qué inventarlo. Oiga, ¿aquí espantan o algo así?

El señor Domingo se quedó un rato pensando y luego le dijo:

—Pues no sé si espantan o qué sea, pero sí se escuchan algunas cosas.

Domingo trataba de no hacer tanto alarde, pero de antemano sabía que se escuchaban sonidos o voces. Él también veía sombras y sentía una presencia, pero no quería espantar a quienes quería mucho: su hija y sus nietos. Pensaba que él podía soportarlo mientras a ellos no les pasara nada. Estela solo le había dicho una vez que sentía la casa fría, pero él no sabía que sus nietas sentían miedo en algunas áreas de la casa, aunque con el paso del tiempo se iba a dar cuenta.

—¿Y Estela? ¿Qué opina de esto? —preguntó la señora Carmen.

—Pues, nos preocupa que los niños crezcan con esto, pero ahora, ¿adónde se va mi hija? No le queda más que aguantar y no hacer tanto caso, pues podría causarles más miedo a las niñas.

—Tiene razón. Espero que solo haya sido mi imaginación. Yo le comento esto porque a ustedes los aprecio mucho, pues ya somos vecinos de varios años y no quisiera que les sucediera algo. Por cierto, estaba repasando con las niñas las oraciones del padrenuestro y el avemaría. A ver si usted o Estela se las pueden enseñar. Las niñas dicen que no se las saben. Sentía mucho miedo y pensé que era bueno rezar un momento.

—Sí, es lo que le he comentado a Estela, que ya vayamos viendo lo de la primera comunión de Sofía y Lourdes, ya después la de Rocío. Pero es buena idea, señora Carmen, por lo menos comenzar a enseñarles las dos oraciones básicas.

—Bueno, señor Domingo, antes de irme le quiero comentar que solo falta el viernes. La verdad, siento un poco de miedo después de lo que sucedió, por eso quería pedirles, si no tienen inconveniente, si puedo cuidar a Toñito en mi casa. Mi hija Miriam va a estar ayudándome en la tienda porque le pedí que me apoyara estos días a atenderla. No sé si Estela esté de acuerdo, ya sabe, pero por tratarse de ustedes estoy dispuesta a hacer un esfuerzo para apoyarlos un día más. Algo muy bueno es que Toñito ha estado muy bien de salud.

—Sí, nosotros le agradecemos mucho si nos aguanta un día más. Ya falta menos y, como dice, lo bueno es que, al parecer, mi nieto ya la libró. En cuanto llegue Estela, le comento lo de cuidar a Toñito en la casa de usted. Yo le aviso en la noche en qué quedamos, y gracias.

—Bueno, ustedes me dicen qué decidieron —dijo doña Carmen—. Y le repito: gracias a Dios el bebé se ve muy repuestito. Yo pienso que sí le funcionó el tratamiento que le mandó la señora Dorita.

Una media hora después de que doña Carmen se hubiera retirado, llegó Estela. Se preparó para comer y, mientras estaban en la mesa, el abuelo le comentó la propuesta de la señora Carmen. Lo pensaron un momento y ambos decidieron que sí. Al fin, era apenas un día y solo estarían ella y su hija Miriam. Los demás integrantes de la familia eran comerciantes del mismo mercado de Tepito, así que salían temprano a preparar el local.

Capítulo VI:
Un suceso triste

El tiempo dio la respuesta a tan temida enfermedad: ¡Antonio venció a la difteria! Todos sentían un gran alivio y felicidad, pues el peligro ya había pasado.

Ese viernes, las niñas salieron corriendo de la escuela para llegar pronto a recoger a su hermanito de la casa de la señora Carmen. Como esperaban, encontraron a Antonio muy bien y feliz de verlas. Las recibió con una dulce sonrisa y mucha emoción. El fin de semana transcurrió muy tranquilo. Pasó el tiempo y Antonio seguía bien de salud, lo cual permitió que todo retomara su cauce. Todo volvió a la normalidad. La siguiente semana transcurrió igual. El lunes, al salir del trabajo, Estela pensó en preguntar sobre la guardería del mercado para llevar a Antonio.

Sofía, Lourdes y Rocío aún no se acostumbraban a los sonidos extraños que se escuchaban a veces. Parecía que aquella presencia formaba parte de la casa y de ese presente.

Un día, sucedió algo que hizo entristecer al abuelo Domingo: el lindo gorrión, que representaba un hermoso recuerdo de cuando vivía la abuela Sofía, pues ella lo había comprado, y por eso él lo adoraba, murió de una manera extraña.

Aunque Domingo ya era un hombre de edad, también sentía miedo. Sin embargo, no lo expresaba porque no quería que Estela se preocupara más de lo que ya lo hacía por asuntos económicos, por el trabajo, por sus hijos, por su situación. Tampoco quería que sus nietas sintieran más miedo del que ya sentían al pasar por esas escaleras o al escuchar sonidos. Pero en su habitación, al llegar la madrugada, parecía que un frío especial lo congelaba. Sentía que alguien lo miraba mientras dormía. Además, algunas veces parecía que alguien le soplaba en la nuca con un aire helado o que le susurraba mensajes inentendibles al oído. En otras ocasiones, le retiraban las cobijas o le hacían cosquillas toscas en los pies o en las costillas... Pero el abuelo Domingo todo lo aguantaba sin decir nada.

En una ocasión, como muchas, Domingo no podía dormir. Escuchó piar a su gorrión muy inquieto y como si alguien hubiera movido la jaula del lugar donde siempre lo tenía. Después, unos pasos cerca de la pileta le hicieron sentir un miedo más profundo. Sin embargo, hizo un gran esfuerzo para levantarse y ver si alguien andaba por ahí. Sin abrir la puerta de su habitación, preguntó:

—Estela, ¿eres tú...? ¡Estela!

Al no recibir respuesta, decidió volver a la cama, pues sentía aquel frío que no correspondía a esa época del año. Un olor fétido, como de huevo podrido, invadió la habitación. Decidió incorporarse para tratar de pensar si venía de la coladera del pasillo. En ese momento, tocaron la puerta de su habitación. La puerta del abuelo era de madera, pero en la parte superior tenía vidrio chino, por lo que pudo observar la silueta de alguien que aguardaba afuera. Tardó un poco en levantarse. Al abrir la puerta, vio que una sombra subía por las escaleras. Hecho un manojo de nervios, dijo con un tono de voz más alto:

—¡Estela!, ¡Sofí!, ¡Lulú!, ¡Chío...!

No hubo una sola respuesta, solo el silencio. Otra vez percibió el olor apestoso, así que decidió buscar de dónde provenía. Caminó hacia la cocina, que era donde podía encender el foco que alumbraba el área del patio cuadrado, la pileta, parte del pasillo y las escaleras. Observó que no estaba la jaula de su gorrión en la pared donde siempre lo dejaba. Volteó hacia la pileta, que a un lado tenía un lavadero grande en el que solía limpiar la jaula del pajarito, y observó que ahí estaba la cobija con que lo tapaba. Se asomó a la pileta y vio que la jaula se había caído dentro y que el pajarito yacía muerto, ahogado. Sintió una gran tristeza por su gorrión, pero a la vez algo de culpa, pues llegó a dudar de que él mismo, al asear su jaula y por las prisas o lo desmemoriado que ya se había vuelto, lo hubiera dejado en el lavadero y que luego hubiera resbalado hacia la pileta. Sin embargo, estaba seguro de haberlo colgado donde siempre. Debido al impacto y al dolor de ver así a su gorrión que tanto quería, comenzó a pensar mil cosas desordenadamente. Comenzó a dudar de sus nietas, que tal vez le habían querido hacer una broma de muy mal gusto, pero él sabía que ellas no hubieran sido capaces de un acto tan cruel, y mucho menos su hija. Lleno de tristeza, dudas, ideas y sentimientos encontrados, tomó la jaula y envolvió al gorrión en un trapo para sacarlo temprano sin que nadie lo viera. En caso de que alguien preguntara, diría que se lo había regalado a algún compañero del trabajo o algo así. Después de la cruel pérdida, notó que el olor fétido había desaparecido.

Tal parece que, al sentirse desapercibida, aquella presencia había decidido hacerse notar.

Al siguiente día, se levantó más temprano que de costumbre. Por un momento pensó que lo de su gorrión había sido una pesadilla. Se asomó a la pared donde siempre lo colocaba y con profunda tristeza vio que no se trataba de un mal sueño. Desganado, se alistó para salir de casa antes que Estela y le dejó en la cocina una nota que decía:

Dejó la nota en la cocina y tomó la jaula y a su lindo gorrión envuelto en el trapo. Había pensado en enterrarlo en una jardinera que estaba a unos pasos de la cerrada y así lo hizo. Luego, muy triste, se fue a su trabajo con la jaula, pues pensó: «No faltará quien la quiera».

Unos cuarenta minutos después, Estela se levantó para ir a su trabajo. Fue a la habitación de las niñas a levantarlas para que se alistaran y fueran a la escuela. Ahora ya las tres se ayudaban, pues ya estaban un poco más grandes. Estela dejaba lista una maleta para Antonio. El pequeño ya había crecido, y ella ya tenía confianza de dejarlo en la guardería del mercado. A veces, pasaba a recogerlo el abuelo Domingo, y otras veces lo hacía ella.

Al bajar las escaleras, notó que estaba encendida la luz del patio. Pensó que su papá estaba preparándose como siempre para irse a trabajar, por lo que dijo:

—Papá, buenos días. ¿Cómo amaneciste?

No escuchó respuesta, así que pensó que no la había escuchado. Efectivamente, su paso por la cocina era inevitable, pues tenía que preparar las tortas de las niñas y los alimentos de Antonio. Antes de entrar vio que no estaba la jaula del gorrión y se le hizo muy raro no verla. Pensó que más tarde le preguntaría a su papá. Cuando entró a la cocina y vio la nota, comprendió por qué no lo había escuchado, pues entendió que se había ido para recuperar sus horas de trabajo.

El día transcurrió como siempre. Estela le había pedido de favor a su papá que recogiera a Antonio, pues era viernes, y ese día ella salía un poco más tarde del trabajo. Domingo pasó por Antonio, pero seguía pensando en lo ocurrido con su gorrión. No podía superar la manera en que había muerto y la duda de que tal vez había sido él mismo quien lo había provocado, tal vez sonámbulo. Pensó en quién podría ser esa persona o sombra que le había tocado la puerta. Le parecía que todo había sido como una pesadilla, algo a mitad de camino entre la realidad y un mal sueño. Cuando llegó a casa con Antonio, las niñas ya estaban en casa. Lulú y Rocío se asomaron por la ventana muy contentas y gritaron:

—¡Sofi, Sofi, ya llegó el abuelo con Toñito!

Sofía, que se encontraba en la cocina terminando los detalles de la comida, caminó hacia la puerta para recibirlos, pues Antonio ya caminaba. Ya habían pasado casi dos años desde que se había enfermado. En esa época, Sofía tenía 12 años; Rocío, 7; Lourdes, 10; y el pequeño Antonio, 2. Las niñas disfrutaban mucho los pocos momentos en que la vida les recordaba que su infancia aún no les decía adiós.

—¡Hola, abuelo! ¡Hola, Toñito! —dijeron las niñas.

Se abrazaron y el abuelo les preguntó cómo les había ido en la escuela. Todas contestaron que les había ido muy bien, pero Sofía dijo que más o menos.

—¿Por qué, Sofí? —le preguntó el abuelo Domingo.

—Ay, abuelo, anoche no pude descansar bien y hoy me quedé unos minutos dormida en clase. La maestra mandó un reporte y estoy preocupada, pues mi mamá odia que le causemos problemas en la escuela. Ya sabes, no puede por su trabajo, y la maestra pide hablar con ella para el lunes. Me va a pegar..

—Voy a platicar con ella, y si no puede ir, voy yo... A ver si la convenzo de que no haya regaños.

—Está bien, abuelo, gracias.

—¿Y por qué no pudiste dormir? —le preguntó el abuelo para cambiar un poco el tema.

—No sé —respondió Sofía—. Tuve una pesadilla. Por cierto, ¿está bien tu gorrión? Es que soñé que... Y en la mañana no vi su jaula...

Sofía no quería ni siquiera un poquito platicarle a su abuelo lo que había soñado porque ya sabía que el gorrión estaba muerto. Había visto que ya no estaba, y la pesadilla trataba de eso, de que ella ahogaba al animalito. Se sentía muy mal, no aguantaba la culpa de haber hecho tal cosa.

—¿Qué soñaste? —le preguntó el abuelo.

—No, bueno, no vayas a pensar que yo... Soñé que lo ahogaba en la pileta y desperté con las manos mojadas. Me espanté mucho y ya no pude dormir.

—¿Cómo? —preguntó el abuelo atónito, paralizado por lo que acababa de escuchar.

—Abuelito, abuelito...

Domingo tardó en reaccionar.

—Eh, hija, sí, sí, ya estoy bien... No te preocupes, el gorrión me lo llevé y se lo regalé a mi amigo Francisco. Es que yo... ya lo veía muy solito y allá tienen más pajaritos. Pensé que así no va estar tan solo.

Todo eso lo dijo para no hacer sentir mal a Sofía, pero ella sabía que no era verdad.

Lo del gorrión fue algo que asustó mucho a Domingo, pues de acuerdo a lo que Sofía había comentado, era ella quien lo había ahogado. Sin embargo, él sabía que algo o alguien la había obligado a hacerlo, que no había sido iniciativa de ella.

Después de un rato, llegó Estela. Se saludaron y, como de costumbre, se sentó a comer con Antonio en sus piernas mientras las niñas hacían su tarea en la mesa. Luego le preguntó a Sofía:

—Hija, ¿dónde está tu abuelito?

—Se sintió muy cansado y fue a dormir una siesta.

Sofía no sabía si comentarle lo de su reporte. Decidió esperar a que el abuelo platicara con ella. Cuando estaban terminando de comer y de hacer la tarea, el abuelo apareció y saludó a Estela:

—Hola, hija. ¿Cómo te fue en tu trabajo?

—Bien, papá, gracias.

Estela estaba preocupada, pues había tenido muchos gastos y no alcanzaba a terminar su quincena. Le daba miedo pedirle prestado a su papá, porque él era muy estricto al cobrar y no le perdonaba nada, pero no le quedaba otra, así que le dijo:

—Papá, quisiera pedirte un favor.

—Sí, dime.

—Es que no alcanzo a terminar la quincena. ¿Me podrías prestar un dinero?

—Mmmm, pues, sí, pero ya sabes que no me gusta que me deban.

—Yo te lo pago cuando me paguen la próxima quincena.

—Está bien.

—Papá, por cierto, ¿y tu gorrión? Es que no vi su jaula en la mañana.

—¡Ah! Es que le decía a Sofí que me lo llevé para dárselo a mi compañero Francisco, pues su mujer tiene muchos pájaros y así ya no estaría tan solito mi gorrión.

En el fondo se sentía incómodo por mentirles a su hija y a su nieta, pero no quería crear un conflicto entre ellas. Prefería dejarlo así, pues de lo contrario sería como echar leña al fuego. Estela sí le creyó, pero Sofía tenía sus dudas. Domingo pensaba platicarle lo de la cita solo mencionándole que había sido porque la niña no había podido dormir bien. De esa forma creía que podía justificar que se hubiera quedado dormida en clase y suavizar los regaños.

—Hija, quiero platicarte algo —dijo el abuelo—. Es que se trata de Sofía, pero quisiera que no la regañes. Le mandaron un reporte por quedarse dormida en clase, pero ya ella me platicó que fue porque no pudo dormir. Tuvo una pesadilla, soñó con mi gorrión. Pero, mira, llámala y que ella te cuente su mal sueño.

—¡Ay, no...! Sabe que no puedo ir a su escuela. No puedo faltar a mi trabajo, tengo muchas deudas. ¡No! ¡Ay, pero me va a oír!

—Tranquilízate —le dijo el abuelo—. Si no puedes ir, yo voy a su escuela y hablo con la maestra.

—¡Sofía! ¡Sofía! —gritó Estela.

—Mande, mamá —dijo Sofía.

—Ven aquí.

Sofía se acercó con miedo y dijo:

—Sí, dime, mamá.

—Ya me dijo tu abuelito que te mandaron un reporte por dormirte en clase. Sabes que no me gusta que me den problemas en la escuela. No voy a poder ir. Irá tu abuelito.

—Sí, está bien.

—Pero que no se vuelva a repetir. Si hay otra vez, ahora sí no te la perdono.

—Sí, mamá

—A ver, ¿y por qué no pudiste dormir?

—Es que tuve un mal sueño. Soñé que yo ahogaba en la pileta al gorrión de mi abuelito, pero fue tan real que me espanté mucho y tenía hasta las manos mojadas del agua. Me dio mucho miedo... Mamá, ya no quiero vivir en esta casa, no me gusta, me da mucho miedo. Desde chica me pasan cosas raras, y a mis hermanas y a mí nos dan miedo las escaleras porque alguien nos mira siempre.

Al escuchar todo lo que le decía Sofía, Estela se sintió muy desconcertada. Venía cansada del trabajo, había tenido un día complicado, y eso la hizo salirse de control.

—No digas tonterías, Sofía. Ya cállate, puedes espantar a tus hermanas con todo lo que dices. ¡Puros inventos tontos! Por eso no me gusta que estén sin hacer nada. ¡La ociosidad es la madre de todos los vicios! Solo imaginas cosas sin sentido.

Estela sabía muy en el fondo que Sofía tenía razón. Sabía que en esa casa pasaban cosas anormales, pero no lo quería mencionar para no espantar a los más pequeños, pues no podía ir a vivir a otro lado. Su situación económica no lo permitía.

Domingo, al ver que Estela se había salido de control, le dijo

—¡Cálmate, Estela! Tal vez mi nieta tiene razón. Además, perdón que lo diga, hija, pero no puedes decir que Sofía está ociosa. Ella siempre te ha ayudado desde que era más pequeña.

—¡Por favor, papá! No te metas.

Por un momento, la atmósfera se tornó pesada, con discusiones. Luego, todo volvió al silencio. Estela pensó que tal vez había hecho mal en hablarle así a su hija. Se dirigió a la sala, donde estaban Lulú y Rocío con su hermanito. Se quedó mirando a Toñito, que estaba dormido en el sillón, y luego se sentó al lado de ellos, los abrazó y trató de descansar un rato. El abuelo Domingo dio la media vuelta y se fue a su habitación. Sofía se quedó molesta en el comedor y preparó su mochila para el siguiente día.

Al otro día, todo transcurrió con normalidad, pero durante el camino de regreso, Domingo pensó que era necesario hablar sobre lo que le había pasado en esa casa. Ya no quería ocultar más la verdad. Además, para que Estela le creyera a Sofía, era necesario que supiera todo al detalle. Pero el abuelo Domingo no sabía que Estela ya había sido testigo de los eventos que pasaban en la casa. Ella ya había escuchado las pisadas en la parte de arriba, el ruido de los trastes en la cocina; ya había visto la sombra que subía y bajaba por las escaleras, entre otras cosas. Sin embargo, ninguno de los dos había tenido el valor de hablar sobre eso. Era el momento de platicar con Estela.

Esa misma tarde, después de la comida, Domingo le dijo a Estela:

—Hija, sé que hice mal en entrometerme, pero Sofía tiene razón: en esta casa siempre han pasado cosas extrañas. Yo pensé que solo me sucedían a mí, y por eso no dije nada a nadie, pensarían que estoy loco o algo así. Pero en esta ocasión hay algo que ya se empieza a salir de los límites. En mi habitación... me han espantado. Parece que hay alguien observándome. En las madrugadas, un frío me congela... Alguien me sopla por la nuca, me susurran al oído cosas que ni entiendo, me jalan las cobijas, me hacen cosquillas.

»Eso lo puedo soportar, pero lo que le pasó a Sofía y lo de mi gorrión ya es demasiado. Es algo que no te puedo ocultar. Perdón por mentir de que se lo regalé a mi amigo. Te lo tengo que decir: no es verdad que se lo regalé a Francisco, la verdad es que lo encontré ahogado en la pileta con todo y jaula. Y, si fue Sofía, no fue que lo hiciera adrede, fue que algo la obligó a hacerlo. Eso ya no me gustó. Ella no hubiera sido capaz de tal acto.

»Como ya han sido varias cosas y cada vez siento que esto nos puede rebasar, había pensado en ir a preguntar a la parroquia de San Francisco de Asís para ver si un padre nos puede venir a bendecir por segunda vez la casa. Cuando vivía tu mamá, así le hicimos y se tranquilizaron las cosas, pero ha pasado mucho tiempo y pienso que de nuevo se requiere.

Estela escuchó a su padre con atención, y luego le dijo:

—Papá, tal vez tengo que dar la bendición a mis hijas todas las noches. Las he descuidado respecto a eso. Solo me centro en pensar en los problemas de la falta de dinero, en mi trabajo, en ser estricta y exigirles, pero en alimentar su espíritu, en eso he fallado, y también a mi Toñito. A lo mejor hasta por eso se me enfermó así tan feo.

»Papá, es que me siento impotente, me desespera mi situación, no puedo irme a vivir a otro lado, tengo que aguantar esto. Yo no quería decirte también por pena de que me dijeras que estoy inventando cosas. Aparte, me ofreciste tu casa, pero también he visto una sombra que sube y baja por las escaleras y se desvanece en tu habitación. Cuando Sofía comentó eso, le iba a decir que a mi igual me pasa, pero pensé en Lulú y Rocío, que la estaban escuchando, y no quise que se espantaran. A Sofía ya no le gusta estar aquí, y de seguro las niñas ya han visto y sentido esa cosa y les da miedo.

—Hija, discúlpame por no decirte lo que ocurría en esta casa, pero, al ver que no tenías donde ir a vivir, embarazada y con las niñas, lo único que quise fue ayudarte en las condiciones tan difíciles en que te encontrabas.

—No te preocupes, papá. Yo no tenía alternativa y te agradezco que nos hayas recibido aquí.

Capítulo VII:
Una presencia inexplicable

Llegó el lunes, día en que la maestra de Sofía había citado a Estela, pero quien iba a ir era Domingo. El abuelo había conseguido el permiso en su trabajo para apoyar a su hija. A ella se le dificultaba más conseguir permisos porque con anterioridad había pedido varios cuando Antonio la necesitaba. Además, su jefe era muy especial.

Domingo se levantó a la misma hora que los niños, se arregló y desayunaron algo antes de salir. Al abuelo le costaba mucho trabajo apurarse, se sentía muy lento en todo, pero eso no importó. Hacía un esfuerzo por ayudar a las niñas en apurarse y en preparar a Toñito para dejarlo en la guardería.

Salieron caminando a prisa y llegaron a la escuela. Domingo se despidió de Lulú y de Chío y se quedó en la entrada con Sofía

Abuelito, espérame aquí —dijo Sofía—. Le voy a decir a mi maestra que ya estás aquí para que hable contigo.

—Sí, Sofi, aquí te espero.

Después de unos minutos, la maestra de Sofía salió del salón, se dirigió hacia Domingo y le preguntó:

—Es el abuelito de Sofía, ¿verdad?

—Sí, maestra. A sus órdenes.

La maestra le dijo al conserje que lo dejara pasar. Fueron hacia el salón de Sofía y ahí se detuvieron para hablar sobre el asunto.

—Mucho gusto, soy la maestra Teresa.

—Gracias, maestra, mucho gusto. Soy Domingo, el abuelo de Sofía. A sus órdenes.

—Gracias, señor Domingo. Me interesaba platicar con la mamá de Sofía o con alguien que también sea responsable de ella, como usted. Seguramente, ya sabe el motivo. Sofía se quedó dormida en clase y desde hace un tiempo la noto distraída y cansada. Como consecuencia, no ha tenido un buen rendimiento académico. ¿Usted me podría decir por qué? ¿Sofía trabaja?

—No, maestra, Sofía no trabaja para nadie, pero en casa es la hermana mayor y le ha tocado atender a sus hermanos menores para apoyar a su mamá. Mi hija vive conmigo. Quedó viuda muy joven y se le ha dificultado la situación. Le comentaré lo que usted me dijo y estaremos cuidando que duerma bien, y si es necesario haremos que la revise un médico.

—Está bien. Me preocupa porque al principio del año la observaba muy animada, con ganas de hacer las cosas. Me comentó que estaba contenta porque su hermanito ya no se quedaba solo en su casa, que ya estaba en la guardería, porque antes se preocupaba mucho por él.

—Sí, maestra, ella ha sido una niña con muchas responsabilidades desde chica y ha apoyado mucho a su madre.

—Sí, lo creo… Pues, muy bien, señor Domingo. Vamos a seguir observando a la niña y cualquier cosa estaré al pendiente. Muchas gracias por atender la cita.

—Gracias a usted, maestra. Nosotros también estaremos al pendiente de ella.

Domingo se despidió de la maestra y se dirigió hacia su trabajo. Mientras caminaba, pensó que hubiera sido descabellado comentarle a la maestra la razón real por la que Sofía no había dormido bien y que debido al miedo que siente no descansa como lo hace una niña de su edad en una situación normal. Preocupado, pensó que esto podría causar problemas cada vez más delicados en la vida de Estela y de sus nietos.

Pasaron dos años más. El tiempo no se detiene. Cada día, cada semana, cada mes, con sus momentos, unos más tranquilos, otros en los que aquella presencia pasaba a saludarlos bajo la escalofriante sombra en la que se manifestaba, siempre rondando aquellas escaleras, el patio, el pasillo, desvaneciéndose en la habitación de Domingo.

Antonio, ya de 4 años, aún ignoraba la situación de miedo que afrontaban los demás y solo pensaba en jugar. Rocío ya tenía 9 años; Lulú, 12; y Sofía, 14. Ellas sabían que diario debían enfrentarse con esa presencia. De algún modo, estaban obligadas a acostumbrarse.

En sábado, día en que Estela trabajaba medio tiempo, las niñas sabían que tenían que apurarse con los quehaceres para ayudar a su mamá y al abuelo. Antonio se encontraba solo en la sala o en el comedor, pues no le permitían estar cerca de las escaleras. Le gustaba mucho jugar en ellas, y les daba miedo que se fuera a caer. A sus 4 años, aún no sabía subir y bajar por aquellas escaleras, que eran antiguas y demasiado altas para él. En ratitos, Lulú o Rocío jugaban con él; en otros, el abuelo o Sofía.

En ocasiones, cuando terminaban las tareas domésticas, enseguida llegaba Estela y preparaban juntos la comida. Luego, mientras comían, las niñas platicaban de sus experiencias en la escuela y de los compañeros del salón de clases. Estela y Domingo, de su trabajo. También pasaban momentos muy agradables. A Toñito le gustaba jugar mucho a las naves espaciales con sus hermanas, se emocionaba mucho.

Un sábado, Sofía le preguntó a su mamá:

—Mamá, esta noche, ¿nos dejas jugar a las naves espaciales? ¿Dejas que Toñito juegue? ¿Se puede dormir con nosotras?

El ambiente se había tornado armonioso. A Estela no le gustaba mucho la idea, pues se sentía insegura y no quería que se lastimaran. Sin embargo, también pensaba que eran hermanos y que estaba bien que convivieran y cuidaran de él. Luego de pensarlo un rato, le contestó:

—Está bien, pero con cuidado. Y cierren bien el cuarto para que su hermano no se salga y se acerque a las escaleras. De todos modos, cualquier cosa, me hablas. No importa que me despiertes.

—Sí, mamá, gracias.

Llegó la noche y Antonio estaba emocionado, pues iban a jugar a lo que le encantaba. Se escuchaban risas, saltos, gritos... Los cuatro estaban muy felices. Así estuvieron jugando por varias horas hasta que Toñito se quedó dormido como a la 1 a. m. Sofía se quedó un poco preocupada porque Antonio, de lo emocionado que estaba, no había ido al baño antes de dormir, como lo había acostumbrado Estela. Le dio un poco de preocupación que se hiciera en la cama, pero ya estaba muy dormido. Como el baño estaba en la planta baja, en el pasillo, acostumbraban usar bacinica. Además, a Estela no le gustaba que bajaran de noche o de madrugada por esas escaleras.

Sofía iba a dormir con Antonio. La habitación era la más grande, pues ahí dormían las tres hermanas. Al entrar, a mano derecha, primero se encontraba la cama de Sofía; luego, la de Lourdes y Rocío. El resto del espacio lo ocupaban muebles, entre otras cosas que ahí guardaba Estela. Esa madrugada, ya las tres tenían mucho sueño, así que Sofía les dijo a Rocío y a Lulú:

—Ya, a dormir, hermanas. Mañana será otro día.

Como era de madrugada, Sofía había perdido la noción de que ya era ese nuevo día. Estaban tan cansadas que olvidaron hacer su oración. Casi no la hacían, pues la mayoría de las veces se quedaban dormidas. Apagaron la luz y se dispusieron a dormir. El silencio invadió la madrugada.

Pasaron dos o tres horas. Sofía no supo qué hora era cuando Toñito comenzó a dormir muy inquieto, se movía mucho. No sabía si estaba despierta o dormida, pero lo que vivió junto con su hermano fue algo siniestro, una coincidencia anormal. Antonio sudaba mucho, quería llorar. Sofía no podía moverse, algo la había paralizado, su cuerpo no la obedecía. Su mirada estaba fija en la puerta de la habitación. No podía creer lo que sus ojos veían: una presencia, una silueta de una persona parada, como si los observara. Era un encapuchado. La sombra avanzó hacia el enorme armario. Sofía sintió que un frío helado recorría su cuerpo. Antonio lloraba, lloraba desesperado. La sombra siniestra caminó lentamente hacia ella. Sintió que la ahorcaba. Desesperada, le mordió sus manos, pero unos segundos después reaccionó al sentir un fuerte dolor en su dedo índice. Entonces, se percató de que se estaba mordiendo su propio dedo. Antonio lloraba a gritos y la cama se sentía mojada, pues el pequeño se había orinado producto del susto. Sofía lo abrazó. Estela corrió a la habitación muy espantada, pues Toñito lloraba a gritos y temblaba. Al parecer, estaba experimentando por primera vez el sentimiento del miedo. Sofía también temblaba y además se le había ido la voz. No podía explicarle a su mamá lo que había ocurrido. Lulú y Rocío, que también estaban muy espantadas, corrieron a abrazar a sus hermanos. Estela los abrazó y les preguntó:

—¿Qué les pasó?

Sofía intentó responder:

—Aa… algui… guien… me que… que… ría… aa… horcar… hacer… da… da… ñooo.

—¿Cómo? Pero ¿quién?

Desde abajo, el abuelo gritó espantado:

—¡Estela!, ¡Estela!, ¿qué pasó?

Estela estaba tan asustada que pensó que alguien se había metido a la casa, así que le dijo:

—¡Papá, hay que revisar la casa! Alguien se metió y quiso hacerles daño a Sofía y a Toño.

Prendieron todas las luces, revisaron por todos los rincones, y nada. Ni un solo indicio de que alguien hubiera abierto las puertas o las ventanas para ingresar a la casa. Domingo cayó en razón de que se trataba de aquel espectro, del cual no se explicaba por qué rondaba la casa o qué era lo que quería de ellos. Lleno de odio, gritó:

—¡Ya, maldita cosa, vete de aquí, lárgate! ¡Tú no perteneces a aquí, déjanos en paz! ¡Esta familia está con Dios, lárgate, aquí no te queremos!

Estela corrió a ver a su papá y le dijo:

—¡Papá! Ya, tranquilo. Te pueden hacer daño los corajes, no hagas eso —lo abrazó y todos se empezaron a tranquilizar.

Esa madrugada fue la más inquietante de todos sus días. Los niños ya no querían dormir en esa habitación, así que se fueron a la de su madre. Antonio, Estela y Rocío durmieron en la cama. Sofía y Lourdes, en la colchoneta.

¿Qué mensaje quería transmitir esa presencia? Tal vez era un alma con pendientes muy significativos. Quizá había tenido una muerte injusta y cruel, y no era su momento de abandonar el plano terrenal. Tal vez estaba llena de odio y de rencor... Era una presencia inexplicable. Pero estaba claro que disfrutaba al aplicar su maldad en quienes formaban parte del plano terrenal.

Ese suceso causó miedo, sobre todo a Rocío y a Antonio, que eran los más pequeños. Sofía y Lourdes, por ser las hermanas mayores, eran conscientes de que les tocaba proteger a sus hermanos y transmitirles seguridad, aunque por dentro sentían todo lo contrario. Sofía ya no se sentía tan sola en la tarea de ver a sus hermanos, pues el apoyo de Lourdes era cada vez más acentuado.

Estela dejó que los niños se quedaran en su habitación durante una semana, hasta que el abuelo Domingo trajo al padre de la parroquia para que bendijera la casa.

Capítulo VIII:
El padre Martín bendice la casa

Al salir de su trabajo, Domingo visitaba la iglesia para preguntar sobre el servicio de bendición, pero no encontraba quien le diera los informes. El miércoles de esa misma semana, consiguió hablar con la persona encargada de dar información, quien le dijo que podía ir un padre a su casa y le informó el costo del servicio. Domingo pagó y el encargado le dijo:

—Mañana mismo le informo cuál es el nombre del padre para que el viernes venga usted a hablar con él y el sábado vaya a bendecir su casa.

Cuando regresó a la casa, sus nietos lo esperaban asomados en la ventana. Las niñas todavía estaban con el uniforme, pues desde aquel suceso no querían subir hasta que llegarán él o Estela. El miedo aún no desaparecía.

Cuando Estela llegó, les dijo:

—Papá, ¿cómo estás? ¡Hijos!, ¿cómo les fue?

—Bien, mamá —dijo Sofía—. Solo que en la guardería nos dijeron que Toñito no quiso comer.

—Bueno, ahorita espero que coma algo conmigo —dijo Estela.

—Pues a mí, bien, hija —dijo el abuelo Domingo—. Hasta que por fin logré contratar lo de la bendición de la casa. Mañana voy a llegar casi igual que hoy, un poco más tarde que de costumbre, pues pasaré por el nombre del padre que vendrá a bendecirla. El viernes volveré a ir para hablar con él. Tres días tendré que pasar a la iglesia.

—Está bien, papá. ¿Quieres que pase yo?

—No, hija, tú sales más tarde. A mí no me cuesta nada pasar.

—Está bien, papá, gracias.

—Lo que quiere decir que el sábado viene el padre a bendecir —dijo el abuelo.

—Muy bien, papá. Dile, de preferencia, si pudiera como a las dos y media de la tarde para que esté aquí yo también.

—Claro, hija, tenemos que estar todos los que vivimos aquí.

—Espero que mis hijos ya no sientan tanto miedo, pues estoy pensando seriamente en pasarme con ellos a la habitación más grande, porque en la mía estamos muy apretados.

—Dales tiempo, entiende. Es lógico que sientan miedo por lo que les sucedió.

—Pues, sí, tienes razón.

A partir de lo ocurrido, Estela tuvo muy cerca a sus hijos. Todas esas noches que compartieron en su habitación sirvieron para que se unieran más. Ella les daba la bendición y los cinco rezaban juntos. Por su parte, en su habitación, el abuelito Domingo rezaba con más dedicación. Parecía que esa comunión fortalecía la buena energía en la casa, pues desde lo sucedido en aquella madrugada, el espíritu no se había vuelto a manifestar. El ambiente se había tornado pacífico, se respiraba tranquilidad. Sin embargo, como las apariciones solían ocurrir por periodos, Estela y Domingo no querían confiarse. Sabían que se calmaba por un tiempo, pero que luego volvía a rondar por la casa en los lugares de siempre.

Domingo pensó que, con la bendición de la casa, se alejaría por mucho tiempo, pues así había ocurrido con su esposa, la abuela Sofía, en paz descanse. Luego de que ella falleció, comenzó a recibir sus visitas. La veía en algunas áreas de la casa, en la cocina, en el comedor, en la sala, ya sea de pie o sentada, solo su sombra. Pero después escuchaba que subía y bajaba las escaleras lentamente. Domingo solo le decía: «Sofía, ¿eres tú? Te haré una misa. Ya descansa en paz... Ya no estás aquí».

Domingo le dedicó una misa, y la abuela dejó de rondar la casa. Pero, al cabo de unos cuantos meses, comenzó a escuchar de nuevo pasos en las escaleras, como si alguien subiera y bajara por ellas. También escuchaba que caminaban por el pasillo o por el patio, y sentía que alguien lo observaba en su habitación. Al principio, pensó que se trataba otra vez del espíritu de su esposa, pero luego de que sucediera lo de su nieta con el gorrión y lo del encapuchado en la habitación grande, creía que aquella presencia no era el espíritu de la abuela Sofía. Nunca se supo quién era, de dónde provenía y cuál era la finalidad de sus apariciones. Tampoco sabían por qué se manifestaba sobre todo ante Domingo, su nieta Sofía y Antonio. Tal vez la sensibilidad espiritual de los tres favorecía esas apariciones. Cuando Estela llegó a vivir allí, Domingo no pensó que ese espíritu fuera a molestar también a ella y a sus nietos.

El jueves, el abuelo Domingo pasó a la iglesia Francisco de Asís para pedir el nombre del padre que bendeciría su casa. Su nombre era Martín García. El viernes, dialogó con él:

—Padre, un gusto conocerlo.

—Igualmente. Es usted el señor Domingo, ¿verdad?

—Para servirle.

—Dígame, ¿por qué solicita usted la bendición de su casa?

—Porque nos están sucediendo cosas extrañas, padre.

—¿Como qué cosas?

—Pues..., en mi habitación siento que alguien me observa. En las madrugadas siento un frío helado en plenos meses de calor. Estoy dormido y me soplan por la nuca, me hacen cosquillas.

»Mi hija está viviendo conmigo, porque quedó viuda muy joven, con sus cuatro hijos muy pequeños, y no tenía donde ir. Por eso le ofrecí vivir en mi casa. Pero ahora mis nietos sienten mucho miedo: escuchan sonidos, ven sombras, sienten que alguien los mira.

»El sábado anterior, apareció una sombra, un espectro que quiso ahorcar a mi nieta de 14 años y al más pequeño, de 4. El niño, con todo respeto, padre..., ¡hasta se orinó en la cama del miedo que le dio! Mi nieta se mordió el dedo índice izquierdo pensando que estaba mordiendo la mano del espectro. A mis nietos les da mucho miedo subir por las escaleras, pues han escuchado que alguien sube y baja por ahí, oyen pasos, y lo mismo le ha pasado a mi hija. Mi nieta mayor nos dijo que no quiere seguir viviendo en esa casa. Tienen mucho miedo...

Domingo le contó todo lo que había ocurrido. También lo de la noche en que Sofía ahogó al gorrión obedeciendo órdenes extrañas.

El padre se quedó pensando y luego dijo:

—Está bien, sí es preocupante. Mañana, ¿a qué hora están todos en casa?

—A las dos y media de la tarde, padre.

El padre dijo que ahí estaría a esa hora. Domingo le dio la dirección y le preguntó si quería que pasara por él, pero el padre le dijo que ya conocía la zona, que llegaría sin problema al domicilio.

Llegó el sábado. Estela les había encargado a las niñas que todo quedara muy limpio y ordenado, pues el padre iba a recorrer la casa. El abuelo Domingo les ayudó a terminar a tiempo. Media hora después, llegó Estela. Le había solicitado permiso al encargado de su área y, por suerte, la habían dejado salir con antelación. Ya estaban reunidos y listos para la llegada del padre Martín.

Llegó casi a la hora acordada, a las 2:25 p. m. Cuando tocó la puerta, todos sintieron gusto y a la vez curiosidad.

—Buenas tardes. Aquí estoy —dijo el padre.

—Pase, padre. Es usted bienvenido —dijo Domingo.

El padre saludó a los niños y les preguntó sus nombres. Luego les dijo:

—Yo soy el padre Martín García. ¿Saben por qué estoy aquí?

—Sí, porque va a bendecir la casa —dijo Sofía.

—Claro, sí… Pero, aparte, les vengo a decir algo muy importante: que no tengan miedo a nada de lo que suceda en su casa. El miedo debilita la fuerza de su alma. Deben ser valientes. Además, no pasará nada si no temen. Sean fuertes, hagan oración a Dios, y Él será su protector. ¿Entendido?

—Sí, padre —dijeron los niños.

Luego preparó todo lo necesario para comenzar. Se colocó su indumentaria eclesiástica, pidió que rezaran con él las oraciones de inicio y que lo acompañaran todos en el recorrido.

La bendición comenzó desde la entrada de la casa. Dijo una serie de oraciones y caminó hacia la sala mientras rociaba agua bendita. Luego se dirigió al comedor y a la cocina. Salió hacia el área de la pileta y del patio, y ahí se detuvo más tiempo. Después retrocedió para bendecir la salida del comedor hacia el pasillo, ingresó al baño y de ahí volvió hacia el patio. Más tarde se introdujo en la habitación del abuelo Domingo y también ahí se detuvo unos minutos más. Al salir comenzó a subir por las escaleras. Cuando iba por el tercer escalón, tropezó y casi se resbalaba, pero Estela, Domingo y los niños alcanzaron a detenerlo y lo ayudaron a levantarse.

El padre no detenía la ceremonia. En ese momento comenzó un olor horrible que invadió el área de las escaleras. Olía a podrido, como a cañería. Los niños se tapaban la nariz. Estela y Domingo se miraron extrañados, pero como el padre no interrumpía el acto, decidieron no decir nada y continuar. Luego llegaron a la parte de arriba. El padre caminó por el pasillo que daba hacia la habitación grande y ahí también se detuvo varios minutos. Después regresaron por el mismo pasillo e ingresaron a la habitación de Estela. El padre pidió que le abrieran la puerta que daba a la azotea y continuó la bendición por esa zona de la casa. Al salir de la habitación, notaron que el fétido olor aún no había desaparecido. El padre volvió a repasar por el pasillo hasta la habitación grande y regresó hasta las escaleras, donde decidió detenerse unos minutos más lanzando agua bendita. El olor era intenso.

Cuando bajaron las escaleras, Domingo, que iba atrás, sitió que alguien lo tomaba de los hombros y lo apretaba. Espantado, volteó a ver si había alguien, pero no había nadie. Sintió miedo, pero se acordó de lo que el padre les había dicho a los niños, que no sintieran miedo pasara lo que pasara.

Continuaron repasando de nuevo por el patio, el área de la pileta y el pasillo, donde también hizo una pausa por varios minutos. Luego ingresó de nuevo al baño, entró por la puerta hacia el comedor, regresó y entró por la puerta de la cocina. Siguió con el comedor y concluyó en la sala, donde se tardó otros minutos más para terminar con toda una serie de oraciones y actos eclesiásticos en los que todos participaron. Pidió también la bendición para Estela, Domingo y cada uno de los niños. A los pocos minutos, terminó.

Todos se sentaron en la sala. Estela le preguntó al padre si gustaba algo de beber, y dijo que sí. Luego le preguntó si deseaba comer con ellos, y el padre le dijo que, si no era mucha molestia, aceptaba la comida, pues la bendición había durado dos horas, y ya casi eran las 5:00 p. m.

Antes de comer, el padre Martín pidió hablar con Estela y Domingo:

—Aprovechando que los niños están preparando la mesa para comer, quisiera decirles algo. Primero: ¿notaron el olor apestoso en la zona de las escaleras?

Estela y Domingo contestaron que sí.

—De hecho, yo le quería preguntar al respecto, padre —dijo Estela.

—Bueno, les quería comentar que hay algo, sobre todo en la zona a partir de la pileta, el pasillo, el patio, las escaleras y su habitación, señor Domingo. No sé describir la razón, pero es una energía negativa, algo que anda como penando. Señor Domingo, cuando le vendieron la casa, ¿le dijeron que esto ocurría?

—Yo no sabía nada, padre, porque no vivía aquí. Esta casa era de unos familiares de mi esposa, en paz descanse. Antes de que ellas fallecieran, se las compré, pero, para evitar problemas, decidí cerrar la venta mientras vivieran. Ellas eran madrinas de mi esposa y nunca comentaron nada al respecto. En cuanto murieron, nos vinimos a vivir aquí.

»Mi esposa me decía que sentía como si alguien la observara. Ella tenía un espejo en la habitación amplia y decía que, cada vez que se veía, sentía a alguien junto a ella. En esa ocasión, decidimos bendecir la casa. Luego ella se enfermó y un tiempo después se me murió. Por un tiempo pensé que, del gran dolor que sentí al perderla, la alucinaba por toda la casa, porque escuchaba sus pasos, veía su silueta y sentía que se acostaba a mi lado. Decidí hacerle una misa aquí en la casa, y dejaron de pasar esas cosas, pero después de algún tiempo de nuevo empecé a escuchar ruidos de trastes en la cocina, pasos en la parte de arriba y en las escaleras, veía sombras. También en mi habitación me sucedían cosas como las que le platiqué, padre. A pesar de que todo esto me daba miedo, pensaba que tal vez era mi esposa, que me venía a saludar del más allá. Pero creo que no es así.

—Sí, entiendo —dijo el padre—. Se percató de todo esto cuando vino a vivir aquí. Si le hubieran dicho que sucedían estas cosas, seguro no la habría comprado. Debido a todo lo que hemos platicado, visto y sentido, les sugiero bendecir la casa cada sábado, al menos durante un mes, para seguir observando como continúan las cosas. Ante cualquier situación, no duden en buscarme. Además, les sugiero que aumenten los tiempos de oración, pero todos juntos, la familia completa, de preferencia todos los días. Con media hora será suficiente. Hay que fortalecer la presencia de Dios en esta casa.

Al terminar de decir esto, Estela le dijo:

—Seguro ya tiene hambre. Ya es tarde, padre. Pase, por favor.

Cuando se dirigían hacia la mesa del comedor, el abuelo Domingo le dijo al padre:

—¿Puedo preguntarle algo?

—Sí.

—Cuando veníamos bajando las escaleras, sentí que alguien me tocó y me apretó en los hombros... ¿Me va a pasar algo?

El padre Martín se quedó pensativo unos segundos y luego le preguntó:

—¿Volteó hacia atrás?

—Sí, padre, pero no vi nada.

—No, señor Domingo, no le va a pasar nada. Solo fue que la energía manifestó de alguna manera que le incomodó la bendición. Pero no, no pasará nada. Usted tiene el poder de protección. Piense que Dios es la protección de su hogar y de su familia.

Cuando se sentaron a la mesa, el padre los invitó a hacer una oración para agradecer los alimentos. Pidió por cada uno de ellos y por su hogar. Mientras comían, el padre platicaba con Estela y Domingo, y otros momentitos con los niños. Les preguntaba sobre la escuela, sobre lo que más les gustaba hacer. Fue una plática variada y la comida se tornó muy amena. Antes de retirarse, el padre brindó una oración de despedida. Cuando terminó, les dijo:

—Les agradezco sus atenciones. Espero volver el próximo sábado.

—Sí, padre. Pasaré a la iglesia para confirmar de nuevo sus servicios —dijo Domingo.

—Bien, señor Domingo. Que Dios esté con ustedes. Hasta luego.

Capítulo IX:
Cosas extrañas suceden
después de bendecir la casa

La visita del padre Martín trasmitió tranquilidad a todos. Los niños ya estaban de vacaciones escolares, y Estela había solicitado una semana de descanso para estar con ellos. Aún dormían juntos en la misma habitación.

El fin de semana estuvo tranquilo. El domingo en la noche, mientras cenaban su leche con pan, Sofía le comentó a su mamá:

—El padre Martín es amable, ¿verdad, mamá?

—Sí, hija. Espero que sirvan de mucho sus visitas.

—Estoy seguro de que servirán —dijo el abuelo Domingo.

Cuando terminaron de cenar, Domingo les dio las buenas noches a todos. Estela se levantó de la mesa y les dijo:

—Bueno, demos gracias a Dios y ya vámonos a dormir.

Recogieron los trastes sucios. Como Estela no tenía que trabajar al día siguiente, les dijo a Sofía y a Lulú:

—Ya dejen los trastes. Mañana los lavamos. Ya tenemos sueño.

Las niñas lo agradecieron porque se sentían cansadas.

—¡Ah! Pero recojan su mantel sin tirar migajas y sacúdanlos en el fregadero —dijo Estela.

Sofía apoyó a su mamá y supervisó a sus hermanos.

—Ahorita todos vamos al baño a lavarnos las bocas y a hacer pipi —dijo Estela—. Si van a hacer otra cosa, pues nos taparemos la nariz.

Todos rieron luego de ese comentario. Los niños no se separaban porque aún recordaban el miedo que les había inspirado lo que había ocurrido aquel sábado en la noche.

El abuelo Domingo ya se había ido a descansar, pues él sí debía levantarse temprano para ir al trabajo. Al pasar por la puerta de su habitación, los niños le dijeron:

—¡Buenas noches, abuelito!

—¡Buenas noches, niños! —respondió el abuelo.

—¡Buenas noches, papá! —dijo Estela.

—¡Buenas noches, hija! Que descansen.

Estela le preguntó si estaba bien, y el abuelo Domingo le contestó que sí.

Entonces, Estela y los niños subieron por las escaleras.

—Mamá, aún tengo mucho miedo —dijo Sofía en voz baja mientras subían.

—No debes sentirlo. Ya ves lo que nos dijo el padre Martín.

—Sí, mamá, pero es algo que no puedo dejar de sentir.

Estela la abrazó y siguieron caminando todos hacia la habitación. Antes de dormir, rezaron juntos.

La noche iba avanzando con serenidad. Sin embargo, como a las 2:30 a. m., Estela escuchó una voz que decía: «Estelaaa, Estelaaa....». Como estaba medio dormida, no pudo distinguir de dónde provenía. Pensó que tal vez era uno de sus hijos, pero se le hizo muy raro, pues todos estaban durmiendo en la misma habitación. Además, ellos nunca la llamaban por su nombre, sino que le decían «mamá». Se sentó en la cama y comprobó que sus cuatro hijos dormían junto a ella. Volvió a recostarse y se quedó profundamente dormida.

Al siguiente día, despertó como a las 7:30 a. m. y recordó la voz que había escuchado en la madrugada. Pensó que se parecía mucho a la de su mamá, pero no le dio importancia. Además, el padre les había dicho que no sintieran miedo. Apenas comenzaba la semana que le habían dado de descanso y se propuso disfrutarla en compañía de sus hijos.

El abuelo Domingo ya se había ido a trabajar. Ella decidió quedarse más tarde en la cama, pues cuando trabajaba descansaba muy poco; además, sus hijos seguían durmiendo. Volvió a quedarse dormida y despertó como a las 9:00 a. m. Se quedó observando a su alrededor y mirando al techo, pensando en muchas cosas a la vez.

Mientras meditaba, vio en el techo una mosca negra, gorda y grande. Se le hizo raro, pues nunca había visto una así dentro de su habitación. Al poco rato vio otra… Le pareció molesto y asqueroso, así que se levantó para averiguar por dónde se estaban metiendo. Rocío la vio y le preguntó a dónde iba:

—Voy a ver de dónde salieron estas moscas y de paso voy por el matamoscas.

—¡Huácala! —exclamó Chío al ver los insectos—. ¿Por qué están ahí, mamá?

—No sé, por eso quiero ver. Tal vez dejé alguna ventana de la calle abierta. Espérenme, voy a bajar un momento.

Estela bajó un poco preocupada para revisar y también para buscar el matamoscas, que siempre quedaba colgado en un clavo a un lado de la pileta. Bajó las escaleras y cuando llegó al patio se espantó mucho, pues la coladera estaba tapizada de esas asquerosas moscas. Le provocó un asco impresionante porque nunca en su vida había visto algo igual. Además, había vuelto a aparecer ese olor a huevo podrido o a animal muerto… Sintió como un ataque de ansiedad y desesperación. Su primera reacción fue buscar el insecticida de bomba que tenía su papá debajo del lavadero. Caminó tratando de hacer el menor movimiento posible para no inquietar a tan aberrante enjambre. Tomó el insecticida y empezó a rociar lo más rápido que pudo, pues sabía que al hacerlo iban a volar desesperadas, aunque ya tenía lista una escoba para darles. Mientras morían, sentía que se le estrellaban en la cara y le zumbaban en los oídos. Parecía como si la estuvieran atacando, muy molestas porque las iba a matar. Con un asco inmenso, comenzó a gritar. Sofía bajó espantada pensando que algo le había pasado a su mamá:

—¡Mamá! ¿Qué haces? ¿Estás bien? ¿Qué pasó?

La respuesta no fue necesaria, pues se dio cuenta de lo que estaba pasando. Además, percibió el olor putrefacto.

—¿Qué es ese olor tan desagradable, mamá?

—No sé. ¡Ayúdame!

Sofía comenzó a espantarlas con otra escoba y así estuvieron en una larga batalla. Cuando todo se calmó, se quedaron observando por si veían alguna viva. Todas habían muerto.

—Hubieras visto —dijo Estela—. Al principio se pusieron bravas y como que revoloteaban para atacarme. Me espanté mucho.

—Sí, escuché que gritabas y también me espanté.

Las barrieron, las recogieron y las tiraron en una bolsa para que se las llevara el señor que pasaba por la basura.

Otro suceso extraño en la casa. Sofía no podía acostumbrarse a estas cosas, que le daban tanto miedo, pero no le decía nada a su mamá para no preocuparla. Además, sabía que no estaban en condiciones de cambiarse a otro lado.

—Me voy a bañar —dijo Estela—. Algunas de esas cosas se estrellaron en mi cara. ¡Qué asco!

—Sí mamá, yo también me quisiera bañar.

—Muy bien, hija, vamos arriba. Voy por mi ropa, me baño rápido y luego tú. Después vemos qué almorzamos. Tus hermanos y tú ya deben tener hambre.

Más tarde, Estela recordó las dos moscas que había visto en la recámara, así que subió junto a Sofía. Cuando llegaron, los niños se estaban vistiendo. Las moscas habían desaparecido.

—Chío —dijo Estela—, ¿qué pasó con las moscas que estaban ahí arriba?

—De repente las dejé de ver, mamá.

—¿Cuáles moscas? —preguntó Lulú—. Yo no vi nada.

Antonio dijo que tampoco había visto ninguna mosca en el techo.

Estela no quiso darle mucha importancia al asunto para no asustarlos. Siempre era así: cuando pasaba algo raro, se lo guardaba para no preocupar a sus hijos y no transmitirles más miedo. Sofía hacía lo mismo.

—Bueno —dijo Estela—, vamos a escombrar aquí y ver qué hacemos de almorzar. Ya es un poco tarde. Después me acompañan al mercado para traer lo de la comida.

Aquellos eran los pocos momentos en los que podían estar juntos, por eso Estela los disfrutaba mucho. El dinero era escaso, pero eso no les importaba a los niños, pues su mamá estaba ahí con ellos. Ese día solo había bolillo y café para desayunar, y eso fue lo que compartieron.

Después de la comida, llegó el abuelo Domingo del trabajo. Cuando entró, escondió algo atrás de un mueble de la sala. Lo había traído cargando, con esfuerzos. Al poco rato, aparecieron los niños y él les preguntó:

—¿Qué tal? ¿Cómo pasaron este día? Ya me imagino: muy contentos, con su mamá, ¿verdad?

Todos sonrieron y le contestaron que sí.

—Tengo hambre —dijo el abuelo—. ¿Hay comida, hija?

—Sí, papá, algo sencillo, pues ya ves, lo que destinamos para la comida apenas alcanza para terminar la quincena.

—Lo que sea está bien, hija. Muchas gracias.

Sofía y Lourdes limpiaron la cocina y lavaron los trastes. El abuelo Domingo siempre lavaba los que él ensuciaba y a veces les ayudaba a lavar los de todos, pero en esta ocasión se sentía cansado, así que solo lavó los de él. Estela ya había lavado los de la mañana.

Por la tarde, todos se reunieron a platicar en la sala. El abuelo siempre prendía el radio y sintonizaba las canciones de Cri-Cri, pues sabía que a sus nietos les encantaban. Además, esta vez les tenía una buena noticia:

—¡Adivinen que compré para todos!

—¿Qué? —preguntaron los niños, emocionados.

El abuelo Domingo se dirigió atrás del mueble y sacó una caja.

—¡Una televisión! —exclamó Sofía.

—Adivinaste —dijo el abuelo.

Con mucha alegría, los niños le preguntaron:

—¿Podremos ver un ratito *Club Quintito* (caricaturas), *Teatro Fantástico* (cuentos con Cachirulo), *El mago de Oz, El Cascanueces* o *Hi-Lili, Hi-Lo*?

—Sí, siempre y cuando hayan terminado sus deberes. Yo también quiero ver mis programas; y su mamá, también, ¿verdad, hija?

—Bueno, a ver si me da tiempo, papá.

Domingo descubrió la televisión, y Estela y Sofía le ayudaron a colocarla arriba del mueble que tenían en el centro de la sala, cerca del contacto de la corriente eléctrica. Fue un momento muy emocionante para ellos. El abuelo les dijo que al día siguiente podrían comenzar a ver sus programas, pues ya eran cerca de las 7:00 p. m.

—Traigan un trapo para sacudir un poco este mueble —les dijo Estela a los niños.

En ese momento, Domingo y Estela, como cada mes, empezaron a ponerse de acuerdo sobre los pagos de los gastos de la casa.

En eso estaban cuando, de repente, escucharon pasos en el piso de arriba, como si varias personas anduvieran caminando. Además, escucharon la carcajada de una mujer. Ambos se espantaron. Los niños, que estaban en el patio buscando el trapo, también se asustaron y corrieron hacia la sala.

Estela y Domingo caminaron hacia las escaleras para confirmar lo que acababan de escuchar. Los niños se quedaron muy atentos.

—No se espanten —les dijo Sofía mientras los abrazaba—. No pasa nada. Son los vecinos los que hicieron ese ruido.

Después de un par de minutos en los que no volvieron a escuchar nada, Estela le dijo al abuelo que lo más seguro es que todo hubiera sido producto de su imaginación, porque los vecinos no eran nada ruidosos y, además, era muy difícil que se escucharan ruidos de una casa a otra. Mientras regresaban a la sala, Estela recordó lo de las moscas en la coladera.

—Por cierto, papá. Fíjate que en la mañana había un enjambre de moscas asquerosas en la coladera. Me dio mucho asco y miedo. También apareció el olor apestoso.

—¿Y qué hiciste?

—Les eché insecticida y les di de escobazos. Sofía me ayudó a matarlas.

—Eso sí estuvo raro, hija. Lo del olor puede ser que se trate del drenaje. Voy a ver si conseguimos que abran y limpien la coladera.

—Sí, yo también quiero pensar que fue el drenaje, papá.

Regresaron a la sala y tranquilizaron a los niños diciéndoles que eran los vecinos, aunque ambos estaban seguros de haber escuchado arriba los pasos y la carcajada.

Llegó la noche y ya no había qué cenar. Por la mañana, el abuelo iba a dejar algo de dinero y Estela pondría su cooperación para sustentar la comida del día. Si lo administraban bien, era probable que pudiera alcanzar para leche y pan. Se fueron a dormir. A pesar de lo ocurrido, había vuelto la calma.

Antes de ir a dormir, iban al baño y se lavaban los dientes, pues nadie deseaba bajar en la madrugada. Estela acostumbraba subir una jarrita con un poco de agua y un vaso por si alguien tenía sed en la noche. Además, llevaba la bacinica para que no bajaran al baño.

Así transcurrieron los días de esa semana. Estela disfrutó mucho de sus hijos, pues no había apuros de horarios de trabajo. Por otro lado, le preocupaban las cosas que habían pasado, como lo de las moscas, los pasos y la carcajada. Trataba de encontrar una respuesta a todo lo extraño que sucedía en esa casa.

En la madrugada del jueves, Estela comenzó a experimentar una ansiedad extraña. No podía conciliar el sueño y daba vueltas en la cama. En eso, escuchó retumbar la caída de trastes en la cocina, como si alguien los azotara en el fregadero y en el piso. Se sobresaltó y se sentó en la cama con el pulso acelerado. Pensó que tal vez había dejado mal acomodados los trastes o que su papá andaba en la cocina. De todos modos, decidió levantarse para ver qué había pasado.

Antes de hacerlo, observó que sus hijos estaban profundamente dormidos, lo cual le extrañó, pues el ruido había sido muy estruendoso. Se levantó poco a poco para no despertarlos, encendió la luz del pasillo y observó hacia la habitación grande, inundada por la oscuridad. Estremecida de miedo, sintió que desde allí alguien la miraba. Se armó de valor y decidió bajar por esas escaleras por las que transitaban presencias extrañas.

Mientras bajaba, imaginó a su padre caído en el piso sin que nadie lo ayudara. Casi al llegar, alzó un poco la voz y dijo:

—Papá, ¿fuiste tú?, ¿estás bien?

No hubo respuesta. Todavía tenía que caminar un tramo oscuro hasta alcanzar el apagador de la cocina. En ese momento, le pareció escuchar que en el comedor alguien jalaba una silla para sentarse. Entre la luz tenue, miró hacia allí y vio una silueta vestida de camisón que estaba sentada en la oscuridad. Era su madre.

—No es posible —susurró—. Tú ya estás muerta.

La presencia volteó a verla y la llamó:

—Esteeelaaa, Esteeelaaa...

—¿Mamá? ¿Qué haces ahí? Tú ya falleciste...

Después de eso, la presencia se desvaneció. Estela corrió a prender la luz del pasillo y de la cocina, pero ya no había nadie. Los trastes estaban en orden. Luego se dirigió hacia la habitación de su padre para ver si estaba bien.

—¿Quién es? —preguntó el abuelo Domingo.

—Yo, papá, solo para saber si estás bien.

—Estoy bien, hija. ¿Por qué?

—Por nada. Ya descansa, hasta mañana.

Era evidente que Domingo no había escuchado nada.

Estela apagó las luces del pasillo y de la cocina. Sentía que se desmayaba de miedo. Mientras subía las escaleras agarrándose de la orilla, alguien colocó su mano sobre la suya. Gritó y comenzó a llorar. Estaba angustiada, desesperada por no saber cómo hacer para que todo eso dejara de suceder. Continuó subiendo y regresó a su habitación. Sofía, Lourdes y Rocío, estaban despiertas.

—Por qué no están durmiendo —les preguntó.

—Mamá, ¿no eras tú? —dijo Sofía—. Hace menos de un minuto abriste la puerta y se oía que platicabas en voz baja con alguien afuerita del cuarto. Eso nos despertó.

Estela se quedó asombrada, pero decidió no decirles nada. Se sentía muy agotada y no quería inquietarlos con lo que le había sucedido minutos antes.

Capítulo X:
Con el paso de los años, el miedo se desvanece

Desde pequeña, junto con sus hermanos, su madre y su abuelo, Sofía experimentó el miedo en una casa en la que todos se vieron obligados a vivir por falta de recursos económicos. No hubo alternativa más que acostumbrarse a los eventos sorpresivos en los que esa energía, espectro o ánima deseaba manifestarse en un presente al que no pertenecía. El tiempo fue pasando y el miedo se fue desvaneciendo, o más bien se les hizo costumbre que, en el momento menos esperado, aquella energía diría: «aquí estoy». Aquellos espíritus que compartían la casa con ellos formaban parte del pasado y de otra dimensión.

El padre Martín continuó bendiciendo la casa hasta cumplir el mes.

Es probable que la creencia en Dios haya frenado los alcances de estos espíritus. Por suerte, no hubo posesiones ni nada por el estilo, pero sí llegaron a dominar en algún momento la mente de Sofía, como cuando sucedió lo del gorrión.

Sofía, Lourdes, Rocío y Antonio crecieron ahí, en esa casa. Admirablemente, fueron venciendo el miedo o acostumbrándose a los hechos. Sin embargo, no fue nada fácil. Cada suceso vivido, cada sensación quedaría para siempre en su memoria.

Los cuatro se convirtieron en chicos de buenos sentimientos, educados y trabajadores. En ese tiempo, cuando ya casi terminaba su secundaria, Sofía conoció en el autobús a quien sería el compañero de su vida.

Capítulo XI:
El amor toca el joven corazón de Sofía

Desde pequeña, cuando iba al mercado de Tepito, Sofía veía pasar a un señor con una canasta grande llena de frutas, acompañado por una niña. Esa niña se llamaba María Elena e iba a la misma primaria, llamada Lorenza Rosales. En sexto año, la reconoció porque, en ocasiones, cuando era la formación, se acercaba a darle un apretón de cachetes y le decía: «qué bonita niña». María Elena era hermana de su mejor amiga, Margarita, quien más adelante, cuando ambas tenían 11 años, invitó a Sofía a un paseo familiar. La señora Olga, mamá de Margarita, fue a pedir permiso a Estela para ver si dejaba que Sofía fuera al paseo. Le dijo que no tuviera desconfianza, que ella se encargaría de cuidarlas muy bien y que, al regresar, pasarían a dejar a Sofía.

Era tanta la emoción de las niñas que Estela accedió. Ellas se divirtieron y jugaron mucho. Margarita le presentó a su papá y a sus hermanos. Sofía se quedó sorprendida al ver que aquel señor que veía en el mercado con la gran canasta de frutas era el padre de su amiga, así que le comentó a Margarita que ya lo había visto antes. Después le presentó a sus hermanos: Daniel, María Elena, Carmen, Sergio, Armando, Fernando y Víctor. Margarita tenía una familia muy grande y muy alegre. Sin querer, parecía que el destino le estaba indicando a Sofía dónde encontraría a su enamorado. Pasó el tiempo, terminaron la primaria y dejó de ver a Margarita.

Dos años después, Sofía subió al camión que la llevaba desde la secundaria a su casa y se cruzó con Sergio, el hermano de Margarita. Él la reconoció y le dijo:

—Hola, ¿cómo estás? ¿Sí me recuerdas?

—Hola, creo que sí.

—Soy Sergio. Creo que eras compañera de mi hermana Margarita en la primaria Lorenza Rosales. También conociste a mi otra hermana, María Elena, ¿verdad?

—Sí. Por cierto, ¿cómo están Margarita y María Elena? —dijo Sofía un poco nerviosa, pues Sergio le parecía un chico guapo.

—Están bien. Margarita va a la secundaria y Mary está trabajando —dijo Sergio, a quien también Sofía le parecía una chica muy linda—. Por cierto, recuerdo que hace tiempo fuiste a un día de campo con mi hermana.

—Sí, ya tiene tiempo de eso.

Bastó ese momento de plática en el camión para que Sofía y Sergio se enamoraran. Él le preguntó si podía acompañarla a su casa. Ella, un poco nerviosa, le contestó que sí, pero no hasta la puerta, sino hasta unas casas antes, porque su abuelo y su mamá eran muy estrictos.

—Está bien, no te preocupes —dijo él, y luego le preguntó—: ¿Puedo visitarte?

—Mejor nos vemos al salir de mi escuela un ratito —respondió ella.

Sergio comprendió que tal vez su propuesta había sido muy precipitada, así que aceptó la de Sofía. A partir de ese momento, dos veces por semana, pasaba por ella al salir de la universidad y la acompañaba en el camión hasta su casa.

Así transcurrió un tiempo hasta que se hicieron novios. Sofía tenía quince, y Sergio, veinticinco, pero para ellos la diferencia de edad no era ningún impedimento.

Cuando Estela se enteró, no estuvo conforme, pues él era mucho más grande que ella. Al abuelo Domingo tampoco le agradó nadita la idea. No querían que se vieran, así que se encontraban a escondidas. Esta situación comenzó a desesperar a Sofía, pues estaba muy enamorada.

Al ver que la situación se tornaba difícil, Sergio le preguntó a Sofía:

—¿Qué te parece si nos casamos?

Ella no supo qué contestar, tenía mucho miedo de la reacción de su mamá y de su abuelo. Pero luego de un tiempo, ambos acordaron que, ante la dificultad que tenían para verse, lo mejor sería casarse.

Sergio se lo comentó a sus padres. Les dijo que ya estaba trabajando y estudiando, y que podía rentarle a su tío Juan la parte de abajo de su casa. No había razón que los hiciera cambiar de opinión. El amor había precipitado su decisión.

Sofía se lo dijo a Estela, y le preguntó si podían venir los padres de Sergio para pedir su mano. Esto inquietó mucho a su mamá, pues Sofía era su apoyo, su brazo derecho en las labores del hogar y en el cuidado de sus hermanos menores.

—Pero, hija, eres muy chica para dar ese paso —dijo Estela—. Acabas de cumplir 16 años, y Sergio es mucho mayor que tú.

Pero no había nada que la hiciera cambiar de opinión, estaba muy enamorada.

Los padres de Sergio no tuvieron más alternativa que ir a casa de Sofía y plantear el plan de la pareja, pero Estela y el abuelo Domingo no estaban de acuerdo, por lo que no les permitieron casarse. Pasaron los días y Sergio convenció a sus padres para que volvieran a pedir la mano de Sofía. Ante tanta insistencia, Estela y Domingo accedieron. Cuando el amor llega, no hay poder humano que cambie el plan.

Programaron la ceremonia nupcial y todo transcurrió bien. Sofía se fue de su casa para unirse con Sergio. Con lágrimas en los ojos, se despidió de su madre, de su abuelo y de sus hermanos, a quienes amaba con todo el corazón, pues habían compartido tantas cosas juntos. Ella había sido su protección desde pequeños y había sido muy valiente ante todas las cosas que le habían sucedido desde que era una niña. Ahora, ya no viviría más en la casa donde también había convivido con aquella extraña presencia. Era el inicio de algo nuevo. Tendría su propia familia.

Sus hermanos continuaron viviendo en esa casa. Lo bueno es que ya eran más grandes e independientes: Lourdes tenía 14 años; Rocío, 12; y Antonio, 8. En cierta forma, Sofía había apoyado a su mamá en los momentos en que más la necesitaba. Por ese lado, Estela sentía tranquilidad, pero no dejaba de preocuparse por Sofía, a quien el amor le había tocado el corazón a tan corta edad.

Los años transcurrieron…

La familia de Sergio no tuvo mucha cercanía con la de Sofía, pues Estela y Domingo no terminaban de aceptar la realidad.

Cuando Sofía se fue a vivir con Sergio, convivió mucho con su hermano Armando, con quien nació una amistad muy respetuosa y especial. Era una persona de valores, muy sensible y con gran sentido de apoyo. En ocasiones iba a visitar a su hermano y a Sofía, quienes ya eran padres de tres pequeñitos. Esas visitas hicieron que sintiera un cariño muy especial por los niños. Cuando fueron creciendo, sembró en ellos un lazo de cariño y amor. Se convirtió en el tío consentidor.

Con el paso de los años, Lourdes y Rocío también se casaron.

Una vez, en un festejo de cumpleaños de Sofía, aparecieron por sorpresa Armando y Sergio tocando y cantando las mañanitas. Desde ese momento, el carácter sensible de Armando y su gran talento para tocar la guitarra despertaron la admiración de Ignacio, esposo de Rocío, de Gerardo, esposo de Lourdes, y de Antonio. Nació una valiosa amistad entre ellos. También Antonio y Gerardo sabían tocar la guitarra, y hacían un trío que amenizaba las reuniones tocando y cantando todo tipo de canciones. Estos momentos alegraban a Estela y le hacían olvidar la nostalgia que sentía porque, de un momento a otro, sus hijas ya no vivían en aquella casa con ellos.

Capítulo XII:
Sofía y Sergio se cambian de casa

Sofía y Sergio vivieron unos años en una pequeña casa que Sergio le rentaba a su tío Juan, hermano de su padre, Manuel. Allí nacieron sus hijos, a quienes el tío Armando quería mucho y visitaba constantemente.

Antes de que naciera la segunda bebé, Elizabeth, la situación económica no ofrecía muchas expectativas. Desesperado, Sergio se movilizó para buscar otro empleo, pero los meses pasaban y no lograba nada.

Sergio llevaba amistad con un gran amigo de origen alemán que se llamaba Alfred, a quien conoció desde que eran estudiantes de Ingeniería. En esos días supo que su amigo había encontrado un buen trabajo en una compañía de telefonía y se contactó con él para ver si podía recomendarlo.

—Voy a ver —dijo Alfred—. Lo más seguro es que sí, porque me acaban de dar el puesto de gerente del departamento de calidad. Voy a platicar con el director de la compañía.

Además, le dijo que le hiciera llegar su perfil para dialogar con el director y que, en cuanto le consiguiera la entrevista, le iba a avisar. Sergio sintió una gran esperanza de tener buenas noticias. En ese tiempo, nació su segunda bebé, y apenas pudieron solventar la atención médica de Sofía. Pasaba el tiempo y Alfred no llamaba.

Por otro lado, Sergio comenzó a tener atrasos en los pagos de la renta con el tío Juan, quien era de un carácter muy difícil. No sabía ya qué hacer. En los pocos trabajos que visitaba, le ofrecían un sueldo que no iba a resolver su situación.

En esa semana el tío Juan les dijo que el sábado deberían abandonar la casa, pero sucedió algo muy difícil de comprender. Sergio lo esperaba para pedirle una vez más compasión, pero resulta que su tío se había ido con su compadre a comer una barbacoa hasta Valle de Bravo. Un tanto a propósito, Sergio le dijo a Sofía que fueran a casa de su mamá a visitarla, y eso hicieron.

Pasaron los días y a Sergio se le hizo raro que su tío no pasara a cobrarle, así que pensó que tal vez había decidido quedarse unos días con su compadre. El tío Juan vivía atrás de donde ellos le rentaban. La ventana de su cuarto daba a la sala de ellos, así que siempre lo escuchaban cuando entraba y salía.

Al siguiente sábado, Sofía y Sergio comenzaron a percibir un olor apestoso. Pensaron que era el drenaje y lo taparon con tapas de silicón, pero el olor no se iba. Sergio pensó que eran los pañales o la popó de la bebé, pero Sofía los lavaba muy bien y no dejaba restos de nada. También se preguntaron si podría ser la basura, pero la tenían afuera, en el pequeño patio, bien cerrada. Esta situación empezó a desesperarlos.

Los días pasaron con ese hedor.

Preguntaron por su tío a sus amistades, pero nadie lo había visto. Ni siquiera su compadre sabía dónde estaba. Ya eran muchas personas que lo buscaban. Después de varios días, Sergio y dos de sus hermanos decidieron abrir su casa, la cual los recibió con un insoportable olor a carne podrida. Entraron a la habitación y vieron que algo horrible había sucedido: el cadáver del tío, tendido boca abajo, yacía en la cama con un enjambre de moscas y gusanos. Al parecer, había muerto de un infarto.

Este escenario les causó mucha impresión, sobre todo a Sofía y a Sergio. Comprendieron que el fétido olor que habían sentido no venía de los pañales ni del drenaje ni de la basura, sino del cuerpo putrefacto del tío Juan. Sintieron repulsión de continuar viviendo en esa casa, pero la situación económica no les permitía irse a otro lugar.

Pasado un tiempo, una buena noticia iluminó la esperanza del matrimonio: Alfred había conseguido la entrevista con el director de la compañía. Lleno de felicidad, Sergio abrazó a su amigo y le agradeció mucho el gran favor. Asistió a la entrevista y no pasaron muchos días para que lo contrataran. Era un trabajo mucho mejor remunerado, pero quedaba muy lejos. Sin embargo, como surgieron problemas legales por la propiedad debido a la muerte del tío, tuvieron que salir de ahí y aprovecharon la oportunidad para buscar un lugar que quedara más cerca. Poco tiempo después, lo encontraron y se mudaron. El nuevo trabajo les permitía ir pagando poco a poco la casa sin dificultades.

Capítulo XIII:
La nueva casa

El cambio a un nuevo trabajo y a una nueva casa los ilusionó mucho.

Un compañero de trabajo de Sergio había tramitado la obtención de un inmueble en una colonia que estaba en proceso de construcción, pero, como sus planes habían cambiado, le ofreció el traspaso de la propiedad. Antes de cerrar el trato Sergio le dijo que quería conocer la casa con su esposa Sofía, así que acordaron una cita y fueron a verla.

La zona les gustó mucho, y la casa tenía un tamaño adecuado y estaba al alcance del presupuesto. Algo que no les agradó mucho fue que enfrente, a unos cien metros, había un cementerio que se veía descuidado, sin barda y con el terreno libre. Sin embargo, pensaron que no serían los únicos en vivir ahí, pues más adelante llegarían más vecinos y se podrían proteger entre todos si algo ocurriera, así que decidieron quedarse con la casa.

Sergio le pidió a Sofía que no comentara nada respecto al panteón que se encontraba frente a la casa, pues aún sus hijos eran pequeños y no querían predisponerlos. Ya buscarían el momento oportuno para platicarles de eso sin que sintieran miedo.

Cuando se mudaron a la nueva casa, Oswaldo, el hijo mayor, que tenía 10 años, se emocionó mucho. Observó alrededor y, al ver las cruces, no tardó en darse cuenta de la existencia del cementerio.

—¡Miren, ahí hay un panteón! —les dijo a sus padres.

Sus hermanas, Elizabeth y Liliana, lo escucharon y de inmediato miraron hacia allá.

—No hay mejores vecinos que los fallecidos —dijo Sergio—. No hacen nada, no pasa nada, están en paz.

Esto los tranquilizó mucho y ya no le dieron importancia.

Al ver la bajada de la calle, Oswaldo quiso sacar su bicicleta para echarse de bajada, pues en la otra casa no podía usarla, ya que pasaban muchos autos y era peligroso. Tomó su bicicleta, se echó la bajada y se estampó contra un árbol. Sofía y Sergio corrieron a verlo y comprobaron que se había descalabrado, así que tuvieron que buscar con urgencia un servicio médico. Así de angustiosa fue la bienvenida a la nueva casa.

Por suerte, consiguieron la atención y Oswaldo estuvo mejor. Al menos, ya sabían dónde se encontraba la atención médica, pero faltaba investigar escuelas, tiendas, mercados, correo, lugar para realizar llamadas, porque aún no había servicio de teléfono. En fin, poco a poco, tendrían que adaptarse y conocer el entorno.

La primera semana fue un descontrol. Muchas cosas estaban en cajas y todavía no habían acomodado los muebles. Además, faltaba adaptar clósets, protecciones y varios detalles. Tenían un poco de miedo a que alguien entrara a robar, pero Sergio protegió bien las ventanas con algunos muebles y trataron de irse acoplando al cambio. Aparte, les daba inseguridad el panteón. Al no tener barda, parecía muy grande, y el paso estaba libre para cualquier persona que viniera caminando. Lo bueno fue que Sergio se movilizó y consiguió que le colocaran las protecciones en las ventanas.

—Le tengo más miedo a los vivos que a los muertos —le dijo Sergio a Sofía.

—Yo, a los dos —dijo Sofía.

Sergio comprendió por qué lo decía, pues ella le había platicado algo de lo que había vivido en la casa de su abuelo.

Antes de habitar la nueva casa, Sofía le había pedido a Sergio que la bendijeran. Sin embargo, debido al apuro con el que tuvieron que abandonar la casa que le rentaban al tío Juan, ya no fue posible.

Tal parecía que la sensibilidad de Sofía permitía percibir presencias incómodas, puesto que sentía de nuevo que alguien la vigilaba en el patio de la nueva casa mientras lavaba la ropa. También veía de reojo como si una persona pasara detrás de ella cuando lavaba los trastes en el fregadero. Esto sucedía cuando se encontraba sola, pues sus hijos ya iban a la escuela y Sergio salía a trabajar.

Se podría pensar que aquel espíritu de la casa antigua, donde vivía cuando era niña, había decidido seguirla.

Como esto le ocurría muy a menudo, decidió comentárselo a Sergio. Además, le recordó que no habían bendecido la casa. Él le dijo que trataría de conseguir un padre para que realizara la bendición. Sin embargo, debido a la prioridad de acomodar los muebles, la ropa, los accesorios y muchas cosas más, se olvidaron de eso.

Al siguiente sábado, llegaron los vecinos del otro lado de la casa, así que ya no se sentían tan solos. Pero el conductor del camión de la mudanza no frenó bien y le dio un golpe al tubo que sostenía los cables de la electricidad, lo cual provocó que se fuera la luz en la casa de Sergio y Sofía. Muy apenado, el vecino les dijo que lo repararía, pero esto representó otro contratiempo para no checar lo de la bendición de la casa.

La siguiente semana, Sofía sintió un olor muy desagradable que venía de afuera. Salió de su casa para ver a qué se debía y vio que la vecina de al lado estaba con unos binoculares observando hacia el panteón. En ese momento se percató de que allí hacían las exhumaciones al aire libre para investigar la muerte de las personas, lo cual la puso muy nerviosa. No dejaba de sentirse observada y seguía viendo esa sombra que pasaba atrás de ella a tan solo pocos metros.

No lo pensó más y, sin esperar la aprobación de Sergio, se fue a la parroquia de la colonia para solicitar la bendición, pues no quería volver a sentir sucesos parecidos a los que había vivido cuando era tan solo una niña.

En la parroquia, había dos padres que eran hermanos y oficiaban misas y bendiciones. Se llamaban Fer y Lalo. Sofía le preguntó al padre Fer si era posible que le bendijera su casa. —Déjeme ver... —dijo el padre—. ¿Para qué día?

—¿Podrá el sábado, padre?

—Voy a checar... Mmm, sí. ¿A qué hora?

—Pues, como a la una de la tarde o a la hora que pueda usted.

—Sí, a esa hora, entonces: sábado a la una. Deme su dirección, por favor.

Cuando Sofía le dio la dirección, el padre le comentó:

—¡Ah! Es de la nueva colonia que acaban de construir. Hemos tenido muchas solicitudes de bendiciones en esas casas.

Cuando Sergio llegó de trabajar, Sofía le comento que había ido a la parroquia y que la bendición se realizaría el sábado.

—Qué bueno que fuiste y ya checaste eso —dijo Sergio—. Bueno, pues, esperamos al padre para ese día.

El viernes los niños llegaron de la escuela felices, pues ya se terminaba la semana. Primero llegaban a comer y luego adelantaban tareas para después jugar el resto de la tarde. Elizabeth tenía una muñeca grande, casi de su tamaño. La quería mucho y siempre jugaba con ella, pero a Liliana le daba mucho miedo. Esa tarde, Liliana terminó su tarea y le pidió permiso a Sofía para ver la televisión. Subió a la habitación que compartía con su hermana a encender la televisión, que estaba cerca del guardarropa en el que Elizabeth guardaba la muñeca. Por un momento, no le prestó atención, pues estaba entusiasmada viendo su caricatura favorita, pero en los comerciales un sentimiento de miedo la hizo voltear hacia donde estaba la muñeca. En una de esas pausas, se detuvo a mirarla durante más tiempo y vio clarito que la muñeca giró la cabeza trescientos sesenta grados y luego enfocó su mirada hacia ella. La niña salió despavorida de la habitación, muy espantada y llorando. Bajó con sus hermanos, que estaban haciendo la tarea, y les dijo:

—¡Me espantó la muñeca de Ely! ¡Movió la cabeza!

Sus hermanos no le creyeron. Sofía se acercó y le preguntó:

—¿Qué te paso, hija? Tienes blanca la cara.

Liliana le comentó lo mismo que a sus hermanos.

—No te espantes, no pasa nada —le dijo Sofía para no asustarla más de lo que estaba, pero sabía que algo extraño comenzaba a pasar.

Al siguiente día, el padre Fer acudió a bendecir la casa. Pasaron los días y, coincidencia o no, Sofía dejó de sentir la presencia. No quería que sus hijos vivieran con miedo y que les pasara algo similar a lo que ella había vivido cuando era niña en aquella casa antigua, con poca luz y fría.

Capítulo XIV:
El abuelo Domingo fallece

Como siempre, el tiempo se encarga de recordarnos que no somos eternos y que estamos de paso en esta vida.

Domingo era un hombre de carácter, con mucha fortaleza de espíritu, determinante, un ejemplo a seguir de disciplina y constancia. Guardaba gran curiosidad en todo lo que sabía hacer: arreglar la ropa, coser en la máquina, hilvanar, colocar parches, cambiar cierres, arreglar la plancha, reparar desajustes de la casa relacionados con la luz y la electricidad, entre muchas cosas más.

Todo lo que sabía se lo enseñaba a sus nietos, sobre todo a Toño, a quien le decía que no importaba que fuera hombre, que aun así tenía que aprender a poner cierres, coser botones, subir dobladillos, pues siempre se requería saber hacerlo.

Estela sabía que su papá ya era de edad avanzada, pero Domingo se valía por sí mismo y hacía esfuerzos por mantenerse activo. Tres noches antes de que se pusiera mal, Estela dormía muy inquieta porque algo no la hacía estar tranquila: ella dormía en la habitación grande y Antonio en la habitación que daba a la azotea, donde se quedaba con Estela cuando era bebé.

Una de esas noches, mientras Estela estaba viendo la televisión en la sala, el abuelo Domingo dijo:

—Hija, me voy a recostar. Me siento muy cansado.

—Papá, pero ¿no vas a cenar?

—No, hija, ya me voy. Seguro de una vez me quedo dormido.

En ese tiempo, Lulú y Rocío ya se habían casado. Lulú vivía con su esposo, Gerardo; ya tenían a Josuecito y venía en camino otro bebé. Rocío estaba recién casada y aún no encargaba bebé. Solo quedaba Antonio, que estaba en plena juventud. Estudiaba la preparatoria en el poli y formaba parte del equipo de futbol americano.

Luego de darle las buenas noches a su abuelito, Antonio le dijo a Estela:

—Solo ceno y ya me duermo. Si no, mañana no me levanto, ma. Tengo entrenamiento muy temprano.

—Está bien, Toño.

Estela estaba en la sala viendo la televisión y se quedó dormida. Sintió un frío profundo, como si la temperatura hubiera bajado de forma drástica. Después alguien se sentó a su lado y le susurró al oído: «ya está cerca». Se despertó sobresaltada y fue por el suéter que había dejado en el comedor colgado de una silla. Luego tomó las llaves, cerró y se fue a dormir a su habitación.

Mientras caminaba rumbo al pasillo del lado del baño, sintió que alguien la observaba desde la ventana de la habitación de su papá. Se acercó y vio que no había nadie, así que subió las escaleras. Al subir sintió otra vez la mirada de alguien. Esto ya era algo tan común para ellos que casi no le daban importancia.

Pensó en ir hasta la habitación de su papá para ver si se encontraba bien, pero Domingo se espantaba mucho si le tocaban la puerta cuando dormía. Tampoco podía abrir y asomarse a verlo, pues el abuelo tenía la mala costumbre de encerrarse con seguro. Trató de detenerse un momento a ver si escuchaba algo dentro de la habitación, pero pensó que de seguro estaba profundamente dormido. Ya en su habitación, no dejaba de pensar en esas palabras que alguien le había susurrado al oído. No comprendía qué significaban.

Al siguiente día, Domingo no se levantaba. Estela se inquietó y llamó a su puerta.

—¿Quién es?

—Yo, papá.

—Ya voy, hija. Es que no me he sentido muy bien.

—Vamos al doctor para ver qué te pasa.

—No, hija. Ya se me pasará.

A Domingo no le gustaba ir al doctor. Por la tarde, se fue de nuevo a descansar. Estela sabía que algo no estaba bien, y entonces le dijo:

—Papá, no le pongas seguro a tu puerta, para estar al pendiente y ver que estés bien.

Domingo accedió al pedido de su hija, lo cual indicaba que realmente se sentía muy mal. Estela lo acompañó a su recámara.

—Ya descansa, papá. Al rato paso a verte —le dijo y dejó emparejada la puerta de la habitación.

Estela no sabía que esas habían sido las últimas palabras que le diría a su padre. Esa noche, Domingo tuvo una trombosis cerebral. Una ambulancia lo vino a buscar, pero falleció pocos minutos después de haber llegado al hospital.

La tristeza de Estela era inmensa. Recordó de nuevo el susurro al oído de aquella noche, cuando dormitaba en la sala: «ya está cerca». ¿Acaso aquel espíritu le había anticipado la muerte de su padre?

Se contactó con sus hijas para darles la mala noticia, y todos sintieron un golpe en el corazón, una profunda tristeza. El abuelo había sido alguien muy importante en sus vidas, siempre los había ayudado y había sido su acompañante en todo momento. En ese momento, Sofía ya era madre de tres hijos: Oswaldo, Elizabeth y Liliana. Lulú ya era mamá de Josué y esperaba su hermanito, a quien le pondría el nombre de Mauricio.

Domingo dejaría recuerdos imborrables en toda la familia, incluso en sus bisnietos, pues era consentidor con ellos, les daba de aquellos dulces que no solía compartir tan fácilmente, les confeccionaba sus disfraces de día de muertos, les daba su dinero de domingo. Era feliz de sentirse bisabuelo. Por siempre permanecería en la memoria de todos ellos.

Capítulo XV:
Estela vende la casa

Después de la muerte de Domingo, Estela siguió viviendo en esa casa con Antonio. Tuvo la oportunidad de tramitar su jubilación en el trabajo, pues ya se sentía un poco cansada y estaba lista para dar ese paso.

Al poco tiempo, Antonio se casó con su novia Nanys, de quien estaba muy enamorado, y Estela se quedó sola en la casa, sin su padre y sin sus hijos. Ellos la iban a visitar de vez en cuando, pero ya no era lo mismo. Sentía una mezcla de sentimientos: a veces tristeza, a veces nostalgia, a veces miedo y deseos de irse de ahí. Aparte, aquella extraña presencia no cesaba de observarla por el pasillo, por las escaleras, de hacer ruidos en la cocina con los trastes, de abrir y cerrar puertas, de caminar por la casa, de manifestarse en sombras, de tocar puertas, de hacer cosquillas, de provocar diversos sonidos… La soledad y el silencio hacían que todo eso se escuchara mucho más que antes. Ya era muy desagradable vivir sola con esos espíritus, así que decidió vender la casa.

Además, los vecinos que conocía de mucho tiempo, los que eran de fiar y amables, habían ido enfermando y muriendo por la edad. Ahora sus casas eran ocupadas por sus hijos y sus familias, y la verdad ya no era lo mismo. También por eso se encontraba muy desanimada de continuar su vida en ese lugar.

Varias personas preguntaban por la casa y algunas pedían verla. Mientras tanto, pensaba dónde se iría a vivir. Lourdes y Antonio le propusieron que se mudara cerca de donde ellos vivían, pues así podrían verse más seguido y estar al pendiente de ella.

En menos de un año, una familia se interesó en la casa y cerraron trato. Decidió no comentarles nada sobre los espíritus y aquellos sucesos inexplicables.

Tal como le habían sugerido, se compró una casa cerca de Lourdes y de Antonio. Aunque Sofía y Rocío vivían en zonas alejadas, conforme a sus posibilidades, también estuvieron al pendiente de ella.

Estela tuvo una vida complicada, con preocupaciones de todo tipo, con problemas económicos, siempre esforzándose por hacer rendir su dinero para ofrecer lo necesario a sus hijos. A eso hay que sumarle lo que ocurrió con José, el papá de sus hijos, el dolor de su muerte y la gran decepción que sintió al enterarse de que era casado. No fue fácil soportar toda esa carga. Merecía estar tranquila y vivir en un lugar donde se sintiera cómoda y segura.

Capítulo XVI:
El momento de Estela

Estela encontró tranquilidad y plenitud en la nueva casa, a la que eligió a su gusto, para ella solita. La ventaja era que, como Antonio y Lourdes estaban cerca, convivían más seguido los fines de semana. Con Sofía y Rocío, no tan seguido, pero en ocasiones se tomaba unos días para visitarlas, pues eran las que vivían un poco más retiradas. Cuando se reunían los cuatro con sus familias, era la mamá más feliz que pudiera existir. Comían y pasaban momentos muy agradables e inolvidables.

La casa de Estela estaba en esquina y tenía dos patios. El que daba frente a su casa era el más amplio y mediante un corredor lateral se conectaba con el de atrás. Sus nietos eran felices corriendo de un patio a otro jugando a las traes o a las escondidillas.

Antonio le regaló un perrito de tono gris con rayas negras llamado Oso. Era muy juguetón y cuando creció se convirtió en un buen guardián de la casa. La despertaba con sus ladridos, se paraba en sus patas y la empujaba. Cuando llegaban sus nietos, se volvía todavía más inquieto. Aunque ella renegaba de él, quería mucho a su Oso.

Con el paso de los años, comenzó con algunas molestias de salud, pero no comentaba nada para no preocupar a sus hijos y no distraerlos de sus vidas. Luego de una vida de tanto trabajo y con experiencias difíciles, se encontraba cansada en cuerpo y alma. Su corazón lo sabía, así que dejó de latir y partió hacia el descanso eterno.

Fue muy doloroso, ya que nadie lo esperaba.

Antonio iba a verla todas las mañanas y le hablaba por teléfono para saber cómo había pasado la noche. Una mañana la llamó para saber cómo había amanecido, pero no contestó el teléfono. Unos minutos después, volvió a intentar... y nada.

No lo pensó más y llamó a su trabajo para avisar que iba a llegar más tarde debido a una situación familiar. Con la copia de llaves que tenía para estos casos, abordó su coche y se dirigió a la casa de su madre. Mientras se estacionaba, escuchó los aullidos del Oso. Tocó el timbre y no hubo respuesta, así que decidió hacer uso de la copia de llaves. Cuando abrió, todo estaba en silencio.

—¡Mamá!, ¡Mamá...!

La llamó varias veces, pero tampoco hubo respuesta. Recorrió todas las áreas de abajo de la casa y no la vio. Subió por las escaleras y la encontró tendida en la entrada del baño. Su cuerpo estaba frío. Con gran desesperación, intentó hacerla reaccionar, pero ya era imposible. Sintió un dolor profundo en su alma, algo difícil de explicar. La levantó y la llevó a su cama. Así, tan rápida, tan repentina, fue su partida.

Les avisó a sus hermanas, quienes de prisa se trasladaron a la casa de su mamá. Todos compartían ese dolor profundo e inconsolable.

Sus hijos estaban eternamente agradecidos por una madre que había dado la vida por ellos, que los había criado con todo su esfuerzo y dedicación. Viviría para siempre en su memoria y en sus corazones.

Para sus nietos también fue un fuerte dolor. Les había dejado hermosos recuerdos. Le escribieron en un papel bellas palabras con mucho amor y con lágrimas en los ojos: «Tita, gracias por todo, eres la mejor abuelita del mundo. Te amaremos por siempre. Te vamos a extrañar mucho».

Estela fue una gran mujer, una gran hija, una gran madre, una gran abuela. Un ejemplo de fortaleza en todos los sentidos.

Capítulo XVII:
La casa en la que vivió Sofía

A pesar de su antigüedad, la casa todavía existe.

Nos situamos en el año 2020. Quienes la habitan, aún se sienten acompañados por esa presencia, que se niega a dejar esta dimensión. ¿Qué la hace continuar en la casa? Siempre ha sido algo inexplicable. Ese espectro toma diversas formas, manifestaciones, y no está claro si se trata de uno o de varios espíritus.

La familia que compró la casa se dedica al comercio en Tepito. Sus cuatro integrantes (el señor Roberto, la señora Enriqueta y sus hijos, Cecilia y Rodrigo) viven sucesos paranormales, se han acostumbrado a las presencias inauditas.

Uno de tantos días en la casa, el señor Roberto, cansado de su jornada de trabajo, comió y le dijo a su esposa:

—¿Sabes?, hoy fue un día muy pesado, me siento muy cansado. Voy a sentarme en mi sillón —el señor Roberto tiene un sillón de descanso en la sala, como lo tenía hace años el abuelo Domingo.

Enriqueta y los muchachos subieron a disfrutar de su espacio. Solo en la sala, Roberto se acomodó en su sillón y decidió cerrar los ojos para descansar. Aún no había logrado la profundidad del sueño, cuando alguien tocó su hombro como para despertarlo. Abrió los ojos y vio a una pequeña niña de vestido blanco antiguo.

—¿Quién eres? ¿Cómo te llamas? —le preguntó.

—Soy Estelita —dijo la niña.

Ella lo tomó de la mano y lo llevó hacia la puerta de entrada. Roberto vio que la calle lucía antigua, como si se hubiera transportado muchos años atrás. La niña intentaba mostrarle algo, pero él no comprendía de qué se trataba. Después lo soltó y él regresó a su sillón. De repente, ella pasó corriendo frente a él, se dirigió hacia el pasillo del cubo de la escalera y su figura se desvaneció. Roberto despertó muy extrañado, confuso. Todo había sido tan real que hubiese jurado que no se trataba de un sueño.

Rodrigo, de 13 años, también siente una extraña presencia en las escaleras y en el pasillo, como la sentían Sofía, sus hermanos, Estela y Domingo. Un día, mientras empezaba a oscurecer, se encontraba solo en el comedor haciendo su tarea. Su mamá había salido un momento para ayudar a su esposo a cerrar el negocio, y su hermana había ido por un mandado. Mientras escribía, sintió que alguien lo observaba. Volteó hacia la cocina y no vio nada, pero, cuando dirigió la mirada hacia el pasillo, se quedó atónito: aquella niña lo observaba a través de la puerta del comedor que da hacia el pasillo. Él se levantó y, poco a poco, caminando en reversa, se fue alejando hacia la sala sin quitarle la vista. Ella tampoco dejaba de mirarlo. Luego se dirigió hacia las escaleras y desapareció. En ese momento, su hermana abrió la puerta y, ante tal ruido, Rodrigo brincó del susto y corrió a abrazarla.

¿Por qué la niña decía que se llamaba Estela? Parece que aquella presencia tiene memoria y aprende nombres o imita la figura de quienes han habitado la casa, como sucedió con la abuelita Sofía, a quien la veían rondar por la sala o el comedor después de haber fallecido. En fin, este ente se ha manifestado durante muchos años, y quienes ahora habitan la casa no escapan de ser visitados por él.

Cecilia, hermana mayor de Rodrigo, también siente que alguien la observa. Ella duerme en la misma habitación en la que dormían

Estela y Antonio. Un día regresó a su casa luego de un día muy pesado, ya que estaba en temporada de exámenes en la universidad y además ayudaba en el negocio de la familia, y saludó a su madre:

—Hola, mamá.

—Hola, hija. ¿Cómo te fue? —le preguntó Enriqueta.

—Bien, mamá. Bueno, eso espero. Hoy terminaron los exámenes.

—Te va a ir bien, ya lo verás. ¿Vas a cenar algo?

—No, mamá, gracias. Tuve un día muy pesado, mejor ya me voy a dormir.

—¿Nada? ¿Segura?

—Sí, má, segura.

—Está bien, hija. Tu papá llegó un poco más temprano y ya está descansando. Tu hermano, igual. Así que voy a cerrar con llave la puerta. Ve a descansar.

Cecilia subió por las escaleras y sintió lo mismo que todos al pasar por ahí. Al llegar arriba, esa tensión disminuye. Caminó hacia la habitación grande para saludar a su papá y a su hermano, pero ambos estaban dormidos, así que no quiso despertarlos. Luego se dirigió a su habitación y se preparó para dormir, pues estaba muy cansada. Apagó la luz y se quedó un rato con los ojos cerrados. Todo estaba tranquilo, pero al poco rato sintió que alguien le hacía cosquillas en los pies. Se levantó y prendió la luz para ver quién era. Pensó que tal vez era su hermano, escondido abajo de la cama, así que se asomó y vio unos pies descalzos, pero no parecían los de un niño de 13 años, eran más pequeños. Luego miró hacia arriba y vio que era la niña. Quiso levantarse rápido, pero se cayó hacia atrás. La niña se rio y actuó como si quisiera jugar a las escondidas con ella. Cecilia quedó inmoviliza-da. Luego, sin dejar de reír, la niña salió corriendo de su habitación y bajó por las escaleras. Ella la persiguió y se asomó hacia las escaleras, pero ya no había nada. Pensó que su mamá seguía abajo, así que le preguntó:

—Mamá, ¿todavía estás allá abajo?

—No, hija, ya estoy acá, en la recámara.

Luego, Cecilia se dirigió a la habitación de Rodrigo y comprobó que seguía durmiendo. Su mamá la vio pasar espantada y le preguntó:

—¿Qué te pasó, hija? Tienes la cara pálida.

—Vi a una niña. Estaba en mi habitación y salió corriendo.

—Tranquilízate. Tal vez estabas soñando.

—¿Tú la has visto?

—No, hija. A lo mejor estás muy cansada y te la imaginaste.

—No me la imaginé. El sábado Rodrigo vio a la misma niña en el pasillo. Dijo que ella lo observaba desde la puerta. ¿Recuerdas que una vez mi papá la vio y que nunca supo si se había tratado de un sueño o de la realidad? Ya se nos ha aparecido a los tres.

—Bueno, hija, no debemos sugestionarnos.

A la familia le sucedió lo mismo que a Domingo, compraron la casa sin saber nada de estos sucesos. Una vez que empezaron a ocurrir, pensaron que no era para tanto como para cambiarse a otro lugar. Además, su vida y sus actividades se desarrollaban en esa zona de la cuidad.

Al principio, no les fue fácil acostumbrarse a esas apariciones, pero ahora ya están acostumbrados a que, cuando menos se lo esperan, se manifiesten estos entes. Parece que la niña ha decidido visitarlos más seguido.

En la entrada de la habitación grande, se había zafado una loza, la cual sonaba cuando alguien la pisaba. De esa forma, Enriqueta y Roberto sabían cuándo alguien entraba. Hace algún tiempo, la familia tuvo que asistir a una fiesta de 15 años, así que todos se estaban alistando para el evento. Enriqueta se estaba pintando las pestañas frente al espejo; detrás de ella, Roberto se probaba un traje. Él le preguntó cómo se veía, y en ese preciso momento se escuchó el sonido de la loza suelta. Sin embargo, por el apuro, ninguno de los dos le prestó atención. Cuando Enriqueta dirigió la vista hacia Roberto a través del espejo, vio que detrás de él había una mujer con la cara muy blanca y las cejas muy marcadas. Llevaba un vestido negro largo y estaba peinada con chongo, como de la época colonial. Se veía imponente, muy seria. Su cara reflejaba enojo, o al menos eso parecía.

—Oye —dijo Enriqueta—, ¿quién es esa señora?

Ambos voltearon, pero no vieron a nadie. Al parecer, el espejo había sido la conexión para que Enriqueta pudiera observar a una visitante más.

Por aquellas escaleras han visto personas que suben o bajan y luego desaparecen, han escuchado ruidos de trastes en la cocina, murmullos en la sala o en el comedor. Tan recurrentes han sido las visitas de estos entes que Enriqueta y su familia ya no sienten miedo.

La casa es una construcción de más de cien años de antigüedad. Cuando comenzaron a habitarla, descubrieron que había un problema de salitre en las paredes del baño hacia el comedor, así que decidieron hacer una revisión. Entonces se percataron de que solo había drenaje para el inodoro, pero no para del desagüe de la regadera, ni para el lavabo del baño, ni para el fregadero de la cocina, ni para el lavadero de la pileta. Durante años, todo eso lo había absorbido la tierra. Además, la construcción no tenía cimientos.

La familia hizo una restauración profunda. Cuando el maestro albañil comenzó a botar bloques de pared, se desprendió un olor muy especial y difícil de explicar. Durante la reparación de la planta baja, parecía como si hubiera despertado un grupo de espíritus.

Antes era muy esporádico que se escucharan varias voces, pero, desde que comenzó el mantenimiento del lugar, seguido se escuchaban murmullos, cuchicheos y voces de varias personas a las que nadie podía ver. Los albañiles hicieron cimientos, restauraron el sistema del drenaje e hicieron algunos detalles de mantenimiento.

Enriqueta y su familia ya no tienen miedo.

Capítulo XVIII:
Diciembre 2020: Sofía visita la casa

Los años pasaron. Un día, a los 70 años, aún fuerte, Sofía decide visitar la casa donde vivió cuando era niña. A pesar de los sucesos vividos, recuerda todo con mucha nostalgia, pues ahí quedaron recuerdos de su mamá, de su abuelito y de sus hermanos. Las dificultades que padecieron juntos los unieron y los identificaron aún más.

A pesar de la incertidumbre de que tal vez la familia de Enriqueta no le permitiera entrar a la casa, lo cual hubiera sido entendible, pues en la actualidad es difícil que las personas tengan confianza ante los extraños, y más en medio de los riesgos por la actual pandemia de COVID-19, ella no perdió esa fe de que le permitieran el ingreso.

Además, Enriqueta había llegado a conocer un poco al señor Domingo y a Estela, pues antes había vivido por la zona. Por lo tanto, Sofía no lo pensó más y se dirigió a la casa acompañada por una de sus hijas.

Cuando llegaron a la cerrada, de inmediato reconocieron la casa. Asombradas, notaron que la fachada y la herrería eran las mismas. Se habían conservado durante muchos años. El sentimiento de nostalgia invadió a Sofía. Con emoción, llamaron a la puerta. Por un momento, pensaron que no había nadie, hasta que después de unos minutos abrieron la puerta.

Saludaron con gusto a la joven Cecilia, quien muy amablemente respondió al saludo. Sofía le explicó que hacía muchos años había vivido en esa casa y le preguntó si le daría la oportunidad de entrar para recordar su infancia. Un momento después, la señora Enriqueta se acercó con cierta desconfianza. Sofía le explicó el motivo de la visita.

Fue una gran sorpresa tener una respuesta afirmativa. Enriqueta les dio la oportunidad de pasar a la casa y de platicar un momento. También hicieron un pequeño recorrido hacia el pasillo y las escaleras, ¡aquellas escaleras! Sofía pensó que todo aquello seguía igual.

Cerrada de Rivero, Ciudad de México, diciembre 2020.

Cerrada de Rivero, Ciudad de México, diciembre 2020,
fachada de la casa en la que vivió Sofía.

Escuela Primaria Lorenza Rosales, Ciudad de México, diciembre 2020.
Escuela en la que estudió Sofía.

Parroquia de San Francisco de Asís, Tepito, Ciudad de México, diciembre 2020.

Lecturas recomendadas

Lágrimas del pasado. Una historia real
(Fabiola Navarro Arriagada)

Hay algo que te acecha. Relatos de horror, suspenso y misterio
(Antonia de la Luna)

Mascotas no deseadas (Nicole Denisse Toledo)

La casa de la Reina de Bastos (Mónica Peralta Delgado)

9 786125 078520